L'alliance du souverain

EMMY GRAYSON

L'alliance du souverain

Traduction française de
LOUISE LAMBERSON

AZUR

HARLEQUIN

Collection : Azur

Titre original :
PRINCE'S FORGOTTEN DIAMOND

HARPERCOLLINS FRANCE
83-85, boulevard Vincent-Auriol, 75646 PARIS CEDEX 13
Service Clients — https://www.harlequin.fr/contenu/contactez-nous
ISBN 978-2-2805-1734-8 — ISSN 0993-4448

Édité par HarperCollins France.
Composition et mise en pages Nord Compo.
Imprimé en juin 2025 par CPI Black Print (Barcelone)
en utilisant 100% d'électricité renouvelable.
Dépôt légal : juillet 2025.

MIXTE
Papier
FSC FSC® C159065

Pour limiter l'empreinte environnementale de ses livres, HarperCollins France s'engage à n'utiliser que du papier fabriqué à partir de bois provenant de forêts gérées durablement et de manière responsable.

1

Il ouvrit les yeux, inspira et retint un juron en sentant des douleurs fulgurantes lui déchirer la poitrine. Il resta immobile. Les douleurs commencèrent à s'estomper. Chaque inspiration lui causait une sensation de brûlure, mais il parvint néanmoins à s'asseoir… et tout se mit à tourner autour de lui. Il serra les dents et ferma les yeux, attendit, puis les rouvrit lentement.

Le mouvement giratoire ralentit ; il tourna précautionneusement la tête. Il était assis sur un sofa en cuir capitonné brun foncé. Une cheminée de marbre gris clair se dressait au centre du mur situé sur sa gauche, avec au-dessus une peinture représentant une cathédrale gothique. Sur sa droite, un lit imposant était installé sur une estrade, recouvert d'une étoffe damassée bleu nuit.

Le bruit lointain d'un klaxon le fit tressaillir. Il ignorait ce qui lui était arrivé, mais il en avait récolté des douleurs dans la poitrine et un mal de tête carabiné. Il se passa les doigts dans les cheveux et découvrit une bosse, à la base du crâne.

Que s'était-il passé, bon sang ?

Il se leva lentement et trouva sans difficulté la salle de bains. Là, il ouvrit le robinet puis s'aspergea le visage d'eau froide. Redressant la tête, il vit son reflet dans le miroir et eut un choc terrible.

Le visage fixant le sien était celui d'un étranger.

Il leva la main et, du bout des doigts, suivit la plaie qui descendait de la pommette jusqu'à la mâchoire.

Qui suis-je

La question fusa dans son esprit et sombra dans un puits sans fond. Un vide qui semblait infini.

Il n'avait plus aucun souvenir.

La peur s'insinua en lui. Il la repoussa farouchement. Pas question de céder à la panique.

Il regagna la chambre. Ni portefeuille ni téléphone mobile. Pour tout bagage, un sac de voyage en velours gris et cuir lisse couleur fauve. À l'intérieur, des vêtements simples mais de qualité, les étiquettes indiquant des marques de luxe qu'il reconnut alors même qu'il ne se souvenait pas de son propre nom. Dans la poche cachée d'une veste, il découvrit une enveloppe épaisse contenant pas loin de dix mille euros. Quelle que soit son identité, il avait de l'argent, apparemment.

À moins qu'il ne l'ait volé...

Incommodé par cette pensée, il leva de nouveau la main vers la plaie et appuya légèrement dessus... La douleur lui remit les idées en place. Inutile de se laisser aller à des suppositions qui ne le mèneraient nulle part.

Jetant un coup d'œil par la fenêtre, il aperçut d'élégants immeubles en brique rehaussée de pierre blanche serrés les uns contre les autres. Certains avaient des devantures au rez-de-chaussée, les autres semblaient abriter des bureaux. Mais de toute évidence il s'agissait d'un quartier huppé. Des taxis, des bus à impériale rouges passaient, des piétons marchaient rapidement sur les trottoirs sous un ciel gris.

Londres. Il était à Londres. Quelque chose surgit dans son esprit, puis disparut avant qu'il puisse s'en saisir.

Doucement. Il ne fallait pas brûler les étapes. Le mieux était d'aller voir s'il y avait quelqu'un dans les parages.

S'éloignant de la fenêtre, il s'avança vers la double porte et tendit l'oreille pendant une bonne minute avant de l'ouvrir. Un vaste palier aux murs blanc ivoire apparut, décoré de grands tableaux aux teintes vives et donnant sur deux autres doubles portes. Il remarqua aussitôt qu'elles portaient chacune un numéro inscrit sur une plaque de cuivre.

Un hôtel, donc. Avait-il été agressé dans sa suite ? Non, c'était absurde. Son agresseur aurait emporté le sac de voyage ou aurait au moins fouillé dedans.

Une douleur atroce lui lancina le crâne, l'obligeant à battre en retraite.

Vingt minutes plus tard, après avoir pris des antalgiques trouvés dans la salle de bains et être resté allongé sur le sofa, il se sentit suffisamment bien pour explorer encore une fois la pièce. Alors qu'il promenait son regard sur le mobilier luxueux, un éclat de noir attira soudain son attention. Sur le parquet, en dessous du sofa. Une carte de visite noire. Il s'agenouilla sur le sol et tressaillit. *Il connaissait cette carte.* Il tendit le bras et réussit à l'agripper.

Elle était épaisse, ses angles arrondis. Au recto, l'inscription « Smythe ». Au verso, une adresse ainsi qu'une série de chiffres dans le coin inférieur gauche. En face, dans le coin inférieur droit, quelqu'un avait écrit à l'encre argentée : « Samedi, 19 h 30 ».

Un sentiment d'urgence le saisit. Cette carte, ce rendez-vous, étaient importants. Il baissa les yeux sur sa montre et ne vit qu'une marque pâle à l'endroit où elle aurait dû se trouver. Il souleva le téléphone posé sur la table de chevet.

— Bonsoir, Anthony à l'appareil, hôtel Bancroft. Que puis-je faire pour vous ?

Il nota mentalement le nom de l'hôtel.

— Bonsoir, Anthony. Pouvez-vous me dire quel jour nous sommes, s'il vous plaît ?

— Certainement, monsieur. Nous sommes le 5 avril, et il est 18 h 55.

— Sommes-nous samedi ?

— Oui, monsieur.

— Merci Anthony. Une dernière question : à quel nom ma chambre est-elle réservée ?

Silence.

— Monsieur ?

— Précisez-moi le nom sous lequel la réservation a été faite, s'il vous plaît.

— Bien sûr, monsieur. Le nom enregistré est John Adamos.

— Merci, répliqua-t-il avant de raccrocher.

John Adamos. Il le répéta à voix haute, plusieurs fois, sans que ce nom lui évoque quoi que ce soit.

19 h 30. Il reporta son attention sur la carte noire. Il avait trente minutes. Il aurait pu appeler la police ou se rendre à l'hôpital le plus proche. Mais on l'y retiendrait des heures. Il devait voir un médecin, certes, mais pour l'instant les antalgiques rendaient la douleur plus supportable. Quant à la police, il y resterait tout aussi longtemps. Il devrait attendre, ensuite on l'interrogerait, le prendrait en photo, on le dirigerait vers un autre bureau…

Tandis que s'il allait à ce rendez-vous, il obtiendrait des réponses en moins d'une heure.

Il souleva le combiné.

— Bonsoir, Anthony à …

— Anthony, c'est encore moi… John Adamos.

— Oui, monsieur ?

— Pourriez-vous m'appeler un taxi, s'il vous plaît ?

Un quart d'heure plus tard, il se tenait devant une imposante bâtisse blanche sur laquelle ressortait une haute porte laquée noire. Aucune plaque ni inscription n'indiquaient qu'il s'agissait d'un établissement particulier et non d'une simple résidence. Il gravit les marches et appuya sur la sonnette. La porte s'ouvrit presque aussitôt, sur un géant qui paraissait à l'étroit dans son costume noir.

— Bonsoir.

L'homme ne répondit pas à son salut.

— J'ai rendez-vous.

Haussement de sourcils épais. Puis le cerbère baissa les yeux sur la carte qu'il sortait de sa poche, et son attitude changea du tout au tout.

Un sourire éclaira la mine renfrognée.

— Toutes mes excuses, monsieur. Seules les personnes munies de cette carte sont admises dans notre établissement.

Il recula d'un pas et inclina légèrement la tête.

— Soyez le bienvenu chez Smythe, monsieur.

Une image surgit dans son esprit. Celle d'un énorme lustre en cristal ruisselant de lumière dorée. D'une voix de femme, au timbre voilé...

L'instant d'après, tout avait disparu.

Il entra en veillant à garder une expression neutre alors qu'il découvrait un hall d'un raffinement et d'un luxe inouïs. Sols de marbre, tableaux exposés sur les murs. Et pas n'importe lesquels. Renoir, Monet, Frida Kahlo, Rembrandt... S'il ne s'agissait pas de copies, il y avait là une sacrée fortune

Mais ce qui le stupéfia le plus, ce fut l'énorme lustre étincelant au-dessus de sa tête.

Il était déjà venu ici.

— L'ascenseur va vous conduire à l'étage approprié.

Il se retourna et vit un homme, presque aussi imposant que le premier, lui désigner l'extrémité du hall.

— Bonne visite, monsieur. Mlle Smythe est prévenue de votre arrivée.

L'ascension fut brève et s'effectua tout en douceur. La porte coulissa en silence. Il sortit de la cabine et s'arrêta pour explorer du regard l'espace qui s'ouvrait devant lui.

Flanquées de colonnes de marbre, de la même teinte bleu ciel que les murs, quelques marches permettaient d'accéder à une sorte de salon situé en contrebas. Un couloir partait sur sa gauche, conduisant manifestement à un autre salon. De hauts miroirs au cadre doré ornaient les murs, donnant une impression d'infini. Des vitrines sur pied étaient alignées le long des murs.

Des vitrines derrière lesquelles étaient exposés des bijoux, réalisa-t-il en descendant les marches. Dans l'une d'entre elles, il aperçut des diamants non sertis, des rubis, des émeraudes, des saphirs… Dans une autre, des bracelets, des boucles d'oreilles, des bagues…

— Bonjour.

La voix voilée et sensuelle glissa sur lui. Mais, quand il se retourna, il n'éprouva que de la curiosité envers la femme qui se tenait en haut des marches.

La robe noire sans manches moulait son corps mince. Les cheveux noir ébène étaient coupés au carré, un carré asymétrique, la frange en biais accentuant les hautes pommettes et les yeux d'un bleu perçant.

— Ravie de vous revoir, monsieur Adamos.

— Moi de même.

Elle inclina la tête de côté, un sourire charmeur passa sur ses lèvres, mais le regard était acéré.

— Tout va bien ?

— Oui, dit-il en lui montrant la carte. Nous avions bien rendez-vous ce soir, n'est-ce pas ?

Elle le dévisagea un long moment avant de descendre les marches. Cette femme n'était pas une imbécile.

— Je vous offre du champagne ?

— Non, merci.

L'invitant à la suivre d'un geste, elle se dirigea vers un bureau en acajou appuyé contre un mur, à côté d'un miroir s'élevant du sol jusqu'au plafond. Il attendit qu'elle soit assise dans l'un des deux fauteuils en cuir avant de s'asseoir à son tour. Elle fit coulisser une tirette et appuya sur quelques touches invisibles. Sans doute un code secret. On entendit un petit « clic », puis un compartiment s'ouvrit sans bruit. Elle se pencha, glissa la main à l'intérieur et en sortit un écrin noir qu'elle posa sur le bureau.

— J'ai tenu ma promesse.

Il contempla l'écrin. Lentement, il souleva le couvercle.

Le diamant étincela sur la soie noire. Jamais il n'avait vu de diamant pareil à celui-ci. Des inclusions noires ou colorées en émaillaient l'intérieur, formant de minuscules motifs évoquant une nuit étoilée. Des petites perles et des aigues-marines l'entouraient, serties sur un anneau d'argent.

Classique. Élégant. Romantique.

Des flammes. Des flammes soyeuses coulant entre ses doigts. Un rire sensuel. Puis un prénom, chuchoté avec une tendresse qui le fait tressaillir. « Julius... »

— Elle est magnifique.

Un sourire bref mais sincère passa sur les lèvres rouge carmin de Mlle Smythe.

— Merci. Rares sont ceux qui s'intéressent aux diamants poivre et sel. Votre choix a représenté un défi qui m'a enchantée.

— Un diamant poivre et sel ?

Elle le regarda en haussant les sourcils.

— Oui. Ainsi que nous en avions décidé ensemble lors de votre précédent rendez-vous.

— Vous voulez bien me rappeler ce que c'est ?

Elle souleva la bague du coussinet de soie noire.

— Également connus sous le nom de « diamants galaxie » ou « diamants gris », les diamants poivre et sel étaient jugés indésirables parce que considérés comme imparfaits. Les petites taches que vous voyez sont constituées de carbone ou d'autres minéraux qui n'ont pas cristallisé durant la formation du diamant. Mais de nos jours ces diamants commencent à être appréciés pour leur singularité.

Elle orienta la bague de façon qu'il puisse mieux voir le diamant.

— À la différence du diamant classique qui reflète la lumière, celui-ci vous attire dans ses profondeurs. Il vous incite à le regarder encore et encore. Plus on le regarde, plus on en apprécie la beauté et la singularité.

Il s'efforça de faire remonter le souvenir de la femme à la chevelure flamboyante mais sans visage. La femme à qui il envisageait probablement d'offrir cette bague.

Hélas, il ne trouva que des ténèbres.

Une douleur aiguë lui traversa la tête. Il ferma les yeux et serra les paupières en réprimant un gémissement.

— Monsieur Adamos ?

— Un instant, dit-il entre ses dents.

La douleur finit par disparaître. Il rouvrit les yeux, vit un verre d'eau posé devant lui, et Mlle Smythe qui l'observait en plissant le front.

— Buvez. Ensuite, vous avez cinq minutes pour m'expliquer ce qu'il se passe ou pour vous en aller.

Il inspira profondément, puis vida le verre d'un trait.

— Simple mal de tête, mademoiselle Smythe. Vous en avez déjà entendu parler, n'est-ce pas ?

— J'ai affaire à des clients venant d'horizons très divers, répliqua-t-elle sèchement. Mais si vous prenez quelque substance illicite, je me verrai obligée...

— Vous vous trompez complètement.

La fermeté de son ton le surprit lui-même. L'*autorité* avec laquelle il s'était exprimé. En revanche, Mlle Smythe n'avait pas cillé.

— Pardonnez-moi, je ne voulais pas vous offenser, dit-elle avec calme. Mais il ne s'agit pas d'un simple mal de tête et...

— Vous êtes une très belle femme, mademoiselle Smythe. Mais vous ne m'arracherez pas la vérité pour autant.

Elle laissa échapper un petit rire bref et se redressa dans son fauteuil.

— Monsieur Adamos, jusqu'à présent nos rapports ont été parfaits. Vous avez réglé le montant intégral au moment de la commande. Vos exigences ont été acceptées et respectées. Mais je fais ce métier depuis suffisamment longtemps pour savoir que quelque chose a changé depuis notre dernière entrevue. Si c'est personnel, je n'insisterai pas. Mais si ce changement est susceptible d'avoir des retombées sur votre commande ou sur mon établissement, je suis en droit de vous demander des explications.

Il la dévisagea un long moment en silence. Mieux valait ne révéler son secret à personne, il le pressentait d'instinct. D'un autre côté, Mlle Smythe était le seul lien qui le rattachait à son passé.

— Je me suis réveillé il y a une heure sans savoir qui j'étais.

Cette fois, elle en perdit sa contenance et le regarda bouche bée.

— Pardon ?

— Je me suis réveillé dans une suite du Bancroft il y a une heure, avec un mal de crâne horrible et l'impression d'avoir la poitrine en feu. Je n'ai aucun souvenir de mon identité, pas de portefeuille ni de téléphone.

Il leva la main gauche.

— Ni de montre. Tout ce que j'ai pu trouver, en plus d'un sac de voyage contenant quelques vêtements et une enveloppe renfermant environ dix mille euros, c'est votre carte de visite.

— Aucun souvenir ? demanda-t-elle en repoussant l'écrin sur le côté. Pas même d'être venu ici il y a cinq jours ?

— Un flash de temps en temps, mais rien de substantiel.

— Pourquoi ne pas aller voir la police ? Un médecin ?

— Cela prendrait trop de temps. J'ai préféré venir ici, c'était plus rapide.

Mlle Smythe scruta son regard.

— Vous vous êtes présenté sous le nom de John Adamos.

— Ce nom ne me rappelle absolument rien.

— Cela ne me surprendrait pas que ce soit un faux nom, répliqua-t-elle avec un haussement d'épaules. Nous sommes réputés depuis toujours pour notre sélectivité et notre discrétion. Notamment parce que nous ne demandons pas de détails à nos clients. S'ils ont la carte, ils sont admis. S'ils ont de l'argent, nous acceptons leur commande. En dehors de cela, nous en savons très peu sur eux.

Il se leva et se mit à arpenter la pièce.

— Quand ai-je pris rendez-vous ?

— Il y a trois semaines pour le premier rendez-vous, cinq jours pour celui-ci. Vous êtes venu, avez passé votre commande et l'avez réglée.

— Je l'ai réglée ?

— Je demande la moitié du montant mais vous avez payé cash. Un million d'euros.

— Un million ? répéta-t-il, interloqué.

— Oui, fit-elle avec une ombre de sourire. Nous sommes les meilleurs.

— Et je n'ai rien dit de la femme à qui cette bague est destinée ?

Une expression nostalgique traversa fugacement les traits de Mlle Smythe.

— Non, répondit-elle en se penchant en avant. Mais je suis dans ce showroom depuis mon enfance. J'ai commencé par observer mon père, ensuite j'ai appris le métier, puis pris la relève. Je sais faire la différence entre les clients qui cherchent à impressionner quelqu'un, ceux qui sont désespérés, ceux qui sont la recherche du grand frisson…

— Le grand frisson ?

— Notre établissement est strictement réservé à l'élite. Sans la carte noire que vous avez en votre possession, et qui vous a probablement été donnée par l'un de nos clients, vous auriez été repoussé par Henry ou par l'un de ses collègues. Vous ne pouvez pas imaginer combien de politiciens, de stars de cinéma et de membres de familles royales seraient prêts à payer des fortunes rien que pour obtenir un rendez-vous et posséder une pièce provenant de chez moi.

— Vous ai-je donné l'impression d'être l'un d'entre eux ?

— Non. La femme pour qui vous avez acheté cette bague a de la chance. De toute évidence, elle vous est chère et précieuse. Lors de votre première visite, vous avez, comme aujourd'hui, refusé le champagne. Vous avez pris le temps d'examiner les pierres avec la plus grande attention. Nombre de ceux qui viennent ici veulent le plus cher ou le plus ostentatoire. Vous vouliez quelque chose qui, je vous cite, soit beau mais unique, et énigmatique.

Elle s'interrompit un instant et sourit, d'un franc sourire.

— J'ai pris beaucoup de plaisir à travailler sur cette bague.

— Pouvez-vous me dire autre chose ? demanda-t-il, le cœur battant à tout rompre.

— Non, hélas. Vous êtes venu il y a cinq jours et avez choisi ce diamant.

Elle baissa les yeux sur l'écrin et le referma.

— Et nous avons convenu de la date d'aujourd'hui pour la remise de la bague.

— Je n'ai laissé aucune information de contact ? Pas de numéro de téléphone ? Pas d'adresse mail ?

Mlle Smythe souleva la tablette posée sur le bureau et pianota sur le clavier virtuel.

— Vous avez laissé une adresse. Île de la Grenade, les Antilles, chez Esmerelda Clark.

Esmerelda. Une image surgit dans son esprit. Il vit des lèvres pleines esquissant un sourire, des yeux verts luisant de pépites dorées, des boucles cuivrées encadrant un visage à la peau claire parsemé de taches de rousseur.

— Savez-vous qui est cette femme ?

— Non. Comme je vous l'ai dit, nous respectons avant tout la vie privée de nos clients et n'effectuons aucune recherche sur eux.

Il retrouverait Esmerelda Clark. Il *devait* la retrouver. Elle aurait forcément des réponses à lui donner, ne serait-ce que sur son identité.

Confusément, il pressentit que cette femme était importante pour lui. Peut-être même avait-il acheté la bague pour elle ?

— Auriez-vous l'amabilité de noter l'adresse pour moi ?

— Bien sûr.

Mlle Smythe écrivit l'adresse sur une petite carte couleur ivoire et la lui tendit.

— Je peux vous demander quelque chose, monsieur Adamos ?

— Je vous en prie.

Elle sourit.

— Appelez-moi et racontez-moi la fin de l'histoire.

2

Bien installée dans son hamac, Esme Clark tendit le bras pour reposer son verre de punch sur la petite table basse et soupira.

Le cadre était assurément idyllique : plage de sable blanc, palmiers laissant filtrer les rayons du soleil, douce brise venant de la mer des Caraïbes...

Et pourtant elle avait du mal à profiter de ces vacances, organisées sans préméditation après avoir été congédiée un mois plus tôt par son employeur et ancien amant. Le fait que son renvoi lui ait été signifié froidement par l'homme qui, une semaine plus tôt, lui avait fait l'amour au cours d'une nuit magique, avait rendu l'expérience encore plus humiliante.

Ils n'avaient pas *fait l'amour*, rectifia-t-elle aussitôt. Ils avaient *couché* ensemble.

Durant un certain temps, elle s'était plu à imaginer qu'elle était amoureuse de son patron. Tout en sachant qu'elle fantasmait complètement. Il était prince. L'héritier du trône d'une petite nation insulaire située au large du Portugal.

Or, à l'inverse de ce qui se passait dans les belles histoires d'amour romantiques relatées par la presse et dans les romans, la réalité était beaucoup plus cruelle. Et les princes n'épousaient pas leurs gardes rapprochées.

Cependant, pour la première fois de sa vie, alors même

qu'elle savait que cette liaison n'avait pas d'avenir, Esme avait renoncé à toute prudence et succombé à son désir. Le désir qui la hantait depuis plus d'un an, depuis son accident survenu au cours d'une mission de protection du prince Julius. Quand il était venu la voir à l'hôpital, elle avait tenté de se redresser pour le saluer mais il l'avait repoussée doucement, avant de s'asseoir à côté du lit et de bavarder avec elle. Il lui avait même apporté un roman historique passionnant. Il l'avait fait rire. Quand elle l'avait regardé, elle avait vu à l'éclat de son regard qu'il la voyait comme une femme. Pas une subordonnée.

Pendant des mois, elle s'était interdit le moindre rapprochement physique avec lui. Mais ses désirs se fichaient des interdits. Après l'accident, quelque chose avait changé entre eux. Des petites choses, au début. Il apparaissait lors de ses séances de rééducation pour voir si elle progressait, par exemple.

Esme avait bien essayé de se persuader qu'il aurait agi de la même façon pour n'importe quel membre de sa sécurité ayant été blessé en service, mais il y avait autre chose. Une attirance réciproque qui n'avait fait que s'affirmer par la suite et à laquelle elle avait résisté pendant plus d'un an, s'efforçant d'être insensible aux regards brûlants, à la chaleur du sourire de Julius quand ils étaient seuls tous les deux.

Jusqu'à Paris. Jusqu'à ce qu'un soir elle finisse par y céder. Ils avaient couché ensemble, puis, moins d'une semaine plus tard, elle avait été convoquée dans son bureau pour s'entendre annoncer qu'il envisageait de se fiancer comme le demandait son père. Autrement dit le roi.

Esme se revit en face de lui, mortifiée et muette. Quand elle avait couché avec lui, elle avait su que leur liaison serait éphémère. Mais elle n'avait pas escompté éprouver les émotions qui l'avaient submergée quand il l'avait renvoyée : jalousie, souffrance et sentiment de perte.

Auxquelles s'était ajoutée la fureur quand il avait dit, d'un ton glacial, qu'au vu des circonstances il avait jugé préférable de la faire muter dans un autre service.

« C'est fini entre nous, mademoiselle Clark. Ça l'est depuis notre retour de Paris. »

La colère rejaillit en elle. Esme la savoura un moment. La colère avait le pouvoir de vous arracher aux plus noirs chagrins et à l'apitoiement sur soi.

Et le pouvoir d'étouffer le désir. Elle l'avait refoulé au plus profond d'elle-même, mais par moments, surtout la nuit, il resurgissait, s'infiltrait dans ses rêves et faisait renaître les souvenirs brûlants. La façon dont Julius avait fait glisser son chemisier sur ses épaules, avant de lui embrasser le cou, la nuque, puis le creux de l'épaule en même temps qu'il refermait les mains sur ses seins.

Stop. Elle avait confondu séduction et tendresse, sexe et amour. Julius avait été le meilleur amant qu'elle ait connu. *Jusque-là*, se répéta-t-elle fermement. Pour le moment, elle aurait été incapable de coucher avec un autre homme, certes, mais cela viendrait.

Oui, la colère était parfois sa meilleure alliée, mais ce jour-là, dans le bureau du prince héritier, elle avait réussi à la dominer. Elle s'était contentée d'incliner la tête et de répliquer :

— Très bien, Altesse.

Puis elle s'était détournée et avait quitté la pièce, mais non sans avoir eu la satisfaction de voir l'expression choquée de Julius.

Au lieu d'aller se présenter au bureau central de la sécurité du Palais où elle aurait dû affronter ses collègues et son père, le chef de la sécurité de la famille royale, elle était allée droit chez elle, dans l'aile réservée aux employés du Palais. Là, elle avait rassemblé ses effets personnels, fait rapidement ses bagages et réservé un billet d'avion pour l'Écosse, puis elle avait rédigé un mail dans lequel elle donnait sa démission, le tout en moins d'une heure. Elle avait appuyé sur « Envoyer » une fois arrivée à l'aéroport. Son père l'avait appelée cinq minutes plus tard et il l'appelait tous les jours depuis.

Autrefois, elle aurait été heureuse d'être l'objet de son attention. Mais il ne s'intéressait pas personnellement à elle. Il s'inquiétait des éventuelles conséquences de son brusque départ sur sa propre carrière. D'où ses appels répétés. Il ne s'agissait pas d'elle. Jamais d'elle.

Esme avait renvoyé tous les appels sur sa boîte vocale.

Elle soupira de nouveau et leva les yeux vers les feuilles de palmier, et sentit la colère remonter en elle mais sans pour autant endiguer la souffrance qui lui étreignait le cœur.

Avait-elle quelque chose qui ne tournait pas rond ? Allait-elle être rejetée toute sa vie ? Sa mère s'était séparée de son père et avait regagné l'Écosse, son pays natal, alors qu'Esme avait dix ans. Trois ans plus tard, elle avait suivi un chirurgien aux États-Unis. Son père s'était toujours concentré exclusivement sur sa carrière, avide de gravir les échelons et d'atteindre le poste qu'il convoitait depuis toujours, celui de chef de la sécurité de la famille royale. Ni l'un ni l'autre ne s'étaient jamais souciés de leur rôle de parents, ni de la fille qu'ils avaient engendrée.

Leur indifférence l'avait endurcie. Elle avait résolu de ne plus jamais redevenir vulnérable, y compris avec les quelques hommes qu'elle avait fréquentés au fil des années et dont deux avaient été ses amants. Esme leur avait fait partager son lit mais pas son cœur.

Jusqu'à Julius. Jusqu'à ce qu'il la regarde comme s'il la voyait vraiment et fasse tomber ses défenses.

Elle se redressa, s'assit, pivota et descendit du hamac. Pourquoi perdait-elle son temps à ruminer ses souvenirs ? À repenser à ceux qui l'avaient rejetée les uns après les autres ? Elle était à la Grenade, pour l'amour du ciel. Elle prenait des vacances pour la première fois de sa vie. OK, elle avait eu le cœur brisé et il saignait encore. OK, quand elle fermait les yeux le soir, elle voyait aussitôt le visage de Julius, l'entendait chuchoter son prénom dans l'obscurité tandis qu'il vénérait son corps et la faisait grimper à des sommets de volupté qu'elle n'aurait jamais cru atteindre un jour.

Et lorsqu'elle repensait à la froideur avec laquelle il lui avait annoncé qu'elle était mutée, la nonchalance avec laquelle il avait évoqué ses fiançailles imminentes, elle avait l'impression de recevoir un coup de poing dans le ventre et en avait le souffle coupé.

Impossible de dire le contraire.

Mais chaque nouveau jour qui passait représentait un pas vers le futur. Vers *son* avenir. Celui qu'elle se serait *choisi*.

Elle repensa soudain aux paroles de Julius, quand il lui avait dit, au cours d'une promenade dans les rues de Paris, qu'il l'avait aperçue la veille sur une terrasse de café.

— Vous aviez l'air si détendue. J'ai eu l'impression de vous voir pour la première fois. De voir la vraie Esmerelda.

— Je ne sais même pas qui je suis vraiment.

Sa sincérité les avait surpris tous les deux. Une profonde tristesse lui avait étreint la poitrine. C'était si affreux de réaliser, à vingt-six ans, que l'on avait toujours vécu en fonction des désirs des autres.

— Il vous reste sans doute des parties de vous-même à découvrir, mais la Esmerelda Clark que je connais est une femme incroyable.

C'était quelques heures avant qu'ils cèdent à leur désir.

Elle avait cru chacune de ses paroles. Alors que celles-ci avaient pour seul but de la flatter et de la séduire.

Maintenant qu'elle savait à quoi s'en tenir, elle se concentrerait sur le côté positif de cette mésaventure. Elle apprendrait à vivre pour elle, se répéta Esme.

Dans l'avion qui volait vers la Grande-Bretagne, elle avait regardé Rodina devenir une minuscule tache vert émeraude sur les eaux turquoise de l'Atlantique et avait senti les larmes lui monter aux yeux. Elle aimait son pays. Les collines recouvertes de forêts de chênes, les plages de sable noir, les montagnes du sud de l'île, toujours couronnées de neige, tout cela avait représenté pour elle un décor de conte de fées. Or Rodina était une nation prospère bien ancrée dans le présent. Grâce notamment aux efforts du roi et du prince héritier.

Non seulement Esme aimait son pays, mais elle en était fière. C'était pour cela que, lorsque son père l'avait poussée à entrer à l'École de police pour devenir agent de protection rapprochée et servir le Palais, elle avait obtempéré, ne sachant pas trop quoi faire à sa sortie de l'université. Et aussi dans l'espoir de lui faire plaisir, c'est vrai. Mais elle avait été fière de servir Rodina, et fière d'elle-même quand, six mois après avoir achevé brillamment sa formation, elle avait été affectée à la protection du prince Julius.

Le fait qu'il ait demandé sa mutation dans un autre service l'avait anéantie. Il avait présenté cela comme une promotion, puisqu'elle deviendrait en effet la cheffe de l'équipe de protection rapprochée de sa cousine Vera au lieu d'être un « simple agent » au sein de la sienne. Mais Esme n'avait pas été dupe. Il se débarrassait d'elle. Vera était une femme charmante et affable, mais son rôle, ses fonctions étaient surtout honorifiques. Elle-même se serait vite ennuyée à ce poste. Elle avait besoin d'action.

D'un autre côté, la décision de Julius l'avait libérée. Pour la première fois de sa vie, elle ne se sentait pas obligée de s'engager dans une voie qu'elle n'avait pas choisie. Comme cela avait été le cas lorsque son père l'avait poussée à s'engager dans la carrière qu'il avait toujours destinée au fils qu'il n'avait pas eu.

Rodina lui manquait. Elle y retournerait un jour. Mais elle devait d'abord découvrir qui elle était.

Esme s'étira les bras en direction du ciel, puis se pencha pour ramasser son verre de punch et en but une longue gorgée. Les saveurs sucrées de l'orange et de l'ananas se mêlaient agréablement au rhum. La brise agitait doucement les feuilles des palmiers qui bruissaient au-dessus de sa tête.

Après une dernière gorgée de punch, elle ôta le peignoir diaphane acheté dans une boutique de la plage, le laissa tomber sur le sable et s'avança sur la plage qui descendait en pente douce vers la mer.

Il lui restait encore trois semaines de vacances et elle entendait bien profiter à fond de ce petit coin de paradis. Elle surmonterait le rejet de Julius comme elle avait surmonté les autres.

Esme entra dans l'eau et continua d'avancer puis s'immergea petit à petit. La mer se referma au-dessus de sa tête. Elle se laissa dériver dans les profondeurs. Seule. En apesanteur. Elle descendit encore. Puis sourit lorsque ses poumons commencèrent à se comprimer. Peut-être pourrait-elle se spécialiser en plongée sous-marine...

Elle ressentit un picotement au niveau de la nuque en même temps qu'elle entendait un bruit assourdi à proximité. Puis se sentit soulevée par des bras puissants et hissée hors de l'eau.

L'espace d'un bref instant, elle paniqua. Pas de renforts, pas d'alarme à déclencher, pas de numéro de téléphone à appeler. Elle ne pouvait compter que sur elle-même. Et son entraînement.

Esme se laissa aller complètement. L'homme poussa un juron et resserra son étreinte, mais quand ils s'enfoncèrent dans l'eau, il la desserra. Elle se dégagea et s'élança. Dès qu'elle posa les pieds sur le sable, elle s'essuya les yeux et fit volte-face. L'homme lui tournait le dos et se redressait. Elle plongea en avant, lui referma un bras autour du cou, lui appuya sa main libre sur la nuque et le força à se mettre à genoux.

— Pourquoi m'avez-vous agressée ?

— J'ai cru que vous vous noyiez.

Elle se figea.

Non. C'était impossible. Elle rêvait…

Le cœur battant la chamade, elle le lâcha. Il se redressa d'un mouvement fluide, se retourna et lui bloqua les bras, la retenant prisonnière.

Julius…

Non, elle ne rêvait pas. C'était bien lui.

Et il suffit d'un sourire pour que son maudit corps réagisse aussitôt. Des étincelles chaudes pétillèrent dans son ventre, la chaleur se répandit partout en elle.

— J'avais imaginé toutes sortes de scénarios, dit-il en la regardant dans les yeux, mais je peux vous assurer que celui-ci n'en faisait pas partie.

3

Esme le dévisagea en silence, fascinée par sa beauté. Comme la première fois qu'elle l'avait aperçu à l'École de police. Le front large, les pommettes sculptées, les lèvres sensuelles, tout cela lui était familier. En revanche, jamais encore elle n'avait vu le prince Julius avec une barbe d'au moins deux jours…

Elle inspira profondément, avant de le regretter aussitôt en sentant ses seins se presser contre le torse musclé. Son haut de bikini et la chemise trempée formaient un piètre barrage. Les souvenirs refluèrent, de leurs corps enlacés et nus sur le lit, de l'intimité partagée, du plaisir inouï qu'elle avait connu dans ses bras…

Non. Tout ce qu'elle avait cru partager avec lui relevait du pur fantasme. Il était froid, insensible et cruel.

— Comment avez-vous pu penser que je me noyais ? lança-t-elle d'un ton vibrant de colère contenue. Vous savez très bien que la formation de garde rapproché que j'ai suivie comporte des stages de survie comprenant entre autres une immersion d'au moins deux minutes.

Il fronça les sourcils, leva la main pour repousser une mèche mouillée lui tombant sur l'œil.

— Je…

Esme se dégagea du bras qui la retenait encore, lui posa

les mains sur la poitrine, le poussa en arrière et eut la grande satisfaction de le voir retomber à l'eau.

Le juron qu'il proféra en se redressant la fit sourire. Elle se détourna et l'entendit jurer de nouveau.

— Qu'ai-je fait pour mériter ça ? cria-t-il derrière elle.

Elle s'immobilisa. La colère resta comme en suspens, puis bouillonna en elle avant de se transformer en fureur.

— Vous plaisantez, dit-elle en se retournant.

Il la dévisagea un long moment, puis baissa les yeux en soupirant.

— Écoutez, mademoiselle Clark. Esm...

— Non. Vous m'avez appelée Mlle Clark le jour où vous m'avez congédiée. Vous n'êtes plus autorisé à vous adresser à moi par mon prénom. Je vous *l'interdis.*

Nouveau soupir. Puis il se passa la main sur le visage avant de s'avancer sur le sable mouillé. Esme tint bon et réussit presque à ignorer la façon dont la chemise moulait le torse musclé, le tissu rendu transparent laissant entrevoir la toison châtaine qui descendait sur le ventre avant de disparaître sous la ceinture du pantalon.

— Nous devons parler, mademoiselle Clark, dit-il en s'arrêtant à un mètre d'elle.

Son cœur traître fit un bond. Elle l'ignora résolument.

— Si vous comptez me proposer de me réembaucher, la réponse est...

— Vous voulez bien m'écouter, bon sang ?

Une nuance de sa voix, un accent... – désespéré ? – la frappa. Elle regarda l'homme qui se tenait devant elle et qui ressemblait davantage à un touriste qu'à un prince de sang royal. Il avait perdu au moins quatre kilos depuis la dernière fois qu'elle l'avait vu et il avait une plaie au visage. Les yeux aux reflets d'ambre étaient toujours aussi beaux, mais quelque chose avait changé dans son regard. Il semblait… vulnérable. Incertain.

Esme avait coupé tous les liens avec le Palais. Dit à ses quelques amis qu'elle reprendrait contact avec eux sans avoir vraiment l'intention de le faire. Elle avait également évité de lire les journaux et de fréquenter les réseaux sociaux, de crainte de voir apparaître des photos de Julius avec une princesse ou une duchesse à son bras, ou une quelconque héritière choisie pour lui par son père.

Mais elle ne divaguait pas. Quelque chose lui était arrivé depuis son départ. Son cœur s'emballa. Elle brûlait de lisser le beau front plissé, de lui refermer les bras autour de la taille, rien qu'une fois, comme elle l'avait fait le matin qui avait suivi leur nuit magique. Il se tenait alors sur le seuil du balcon, les mains dans les poches, les épaules et le dos raides. Elle s'était arrêtée derrière lui, avait posé une main sur son dos et senti les muscles se raidir encore plus sous ses doigts. Elle aurait dû se retirer, le laisser seul, mais, forte de l'intimité partagée la nuit passée, elle lui avait enlacé la taille avant d'appuyer la joue contre son omoplate. Et quand il avait laissé échapper un soupir, acceptant la force et le réconfort qu'elle lui offrait, Esme avait franchi la frontière qu'elle évitait depuis si longtemps.

La frontière qu'elle retrouvait maintenant tandis qu'il la dévisageait comme s'il ne l'avait encore jamais vue.

C'est terminé entre nous, mademoiselle Clark.

Elle redressa le menton, carra les épaules.

— Je vous ai suffisamment écouté, *c'est terminé*, maintenant, ajouta-t-elle avec une pointe d'ironie.

Sur ces mots, elle s'inclina devant lui.

— Altesse.

Puis elle se détourna et s'éloigna, sans se soucier d'abandonner un prince trempé sur la plage.

Il la suivit du regard jusqu'à ce qu'elle disparaisse en haut des marches de bois qui conduisaient à la maison minuscule perchée sur la falaise.

Plutôt raté, comme prise de contact...

Dès son arrivée à l'aéroport, il avait sauté dans un taxi qui l'avait déposé là-haut, devant la porte de la petite maison où habitait la mystérieuse Esmerelda Clark.

Il avait frappé, de plus en plus fort, avant de finir par jeter un coup d'œil à l'intérieur par les fenêtres et de laisser échapper une volée de jurons. Il n'avait tout de même pas traversé l'Atlantique à bord d'un avion-cargo pour découvrir que la seule femme susceptible de le renseigner était partie, bon sang !

Puis, contournant la maison, il avait remarqué l'escalier qui partait de la porte de derrière et suivait le flanc de la falaise Obéissant à son instinct, il avait commencé à descendre les marches de bois et débouché sur une passerelle étroite traversant un cours d'eau. De l'autre côté, il y avait eu encore quelques marches à descendre avant d'accéder à la plage de sable blanc.

Et brusquement, il l'avait aperçue. Vêtue d'un bikini minuscule qui, au lieu de cacher ses formes ravissantes, les mettait superbement en valeur. Fasciné, il avait contemplé la chevelure se répandant en boucles couleur de feu sur le dos mince mais musclé. Sa colère et sa peur s'étaient évaporées en un instant. Esmerelda Clark. Elle était là, sur la plage. Et, d'une façon inexplicable, il s'était senti intimement lié à elle. Il ne savait rien de cette femme, il ne savait pas ce qu'avait été leur relation avant qu'il se réveille à Londres.

Mais il la connaissait. Il la connaissait et éprouvait pour elle un désir incontrôlable. Une soif absolue qui dépassait le simple désir physique.

Quand elle était entrée dans l'eau, il avait préféré rester en retrait et prendre le temps de se ressaisir, de façon à ne pas l'effrayer lorsqu'il la rejoindrait sur la plage.

Il n'avait pas prévu de la voir s'immerger petit à petit et ne pas réapparaître.

Tout d'abord, il avait attendu. Mais les secondes passant, il s'était rapproché et avait vu la chevelure rousse flotter sous l'eau. Les secondes se transformant en une minute et Esmerelda ne remontant toujours pas, il avait plongé.

Il se massa la nuque. Elle avait de la poigne. Et une dent contre lui, manifestement. Les sensations qui affleuraient par moments dans son esprit endommagé l'avaient conduit à penser qu'ils avaient été amants. Supposition qu'il avait crue avérée en voyant le bref éclat de désir fuser dans les yeux verts lorsqu'il avait serré son corps presque nu contre lui. Du désir brut aussi intense que celui qu'il avait ressenti lui-même.

Or elle n'avait fait aucune remarque évoquant une relation physique. En revanche, elle avait dit travailler pour lui, avant d'effectuer ce salut bizarre et de l'appeler *Altesse*. Avaient-ils travaillé ensemble ? Avait-il été son employeur et avait-il abusé de son statut ? Tenté de transformer leur relation professionnelle en rapports plus intimes ? Pire encore, avait-il franchi une frontière interdite ?

Le mal de tête revint en force, la douleur lui martela les tempes. Une chose était certaine : il avait commis un acte qui avait entaché leur relation – de quelque nature que soit celle-ci –, pour qu'elle se conduise ainsi avec lui.

De son côté, pourquoi était-il blessé d'avoir été rejeté par une femme dont il ne parvenait pas à se souvenir ? Car il se sentait bel et bien blessé. Il éprouvait même une sensation de vide dans la poitrine, aussi intense que le vide qui béait dans son esprit.

Assez larmoyé. Il avait fait un long voyage et dépensé

presque tout son argent pour retrouver Esmerelda Clark. Il se rachèterait des horreurs qu'il avait commises. Mais dans l'immédiat il avait besoin de réponses.

Cinq minutes plus tard, il s'arrêta devant la porte de la petite maison. À l'instant où il levait le poing pour toquer, la porte s'ouvrit. Esmerelda se tint devant lui, les yeux verts étincelant de pépites dorées, les cheveux rassemblés en chignon souple sur la nuque. Elle avait enfilé un T-shirt, bleu, mais les longues jambes étaient toujours nues.

— Vous avez de l'eau de mer dans les oreilles ?

— Pardon ?

— J'ai dit *non*.

Elle commença à refermer la porte. Il lança le bras en avant et la bloqua. Elle écarquilla les yeux, puis le foudroya du regard et se redressa de toute sa hauteur, environ un mètre soixante-cinq, avant de reculer légèrement, tel un serpent prêt à attaquer.

Elle était superbe.

— Si vous vous avisez, ne serait-ce que *d'essayer* d'entrer chez moi de force, je vous brise les os. Et je...

— J'ai besoin de votre aide.

Un léger tressaillement la parcourut.

— S'il vous plaît, ajouta-t-il.

Il sut qu'il avait gagné en voyant le corps d'Esmerelda se détendre, puis sa posture se relâcher légèrement tandis qu'elle le dévisageait avec un mélange de curiosité et de méfiance.

— En quoi pourrais-je vous aider ?

Par où commencer ?

Elle plissa les yeux, commença à pousser la porte, lui faisant presque perdre l'équilibre.

— Je ne sais pas qui je suis.

Cette fois, elle se figea, puis scruta son visage.

— J'en suis désolée, mais je ne peux rien pour vous.

Elle ferma un instant les yeux, comme si elle ne supportait plus de le regarder.

— Vous êtes sous pression, je sais. Notamment à cause de vos fiançailles imminentes…

— Nous ne sommes pas fiancés ? l'interrompit-il, désarçonné et surtout déçu.

Une expression suffoquée passa sur les traits fins, une lueur blessée traversa les yeux verts.

— Comment osez-vous me demander une chose pareille ?

— Esm… Mademoiselle Clark, corrigea-t-il en la voyant pincer les lèvres. Quand je vous dis que je ne sais pas qui je suis, ce n'est pas une formule. J'ignore *réellement* qui je suis.

Le silence tomba entre eux, dura. Confusément, il entendit le murmure lointain des vagues, le cri mélancolique d'un oiseau, les battements de son propre cœur.

— Si c'est un plan tordu ou une tentative de manipulation…

Il lui saisit la main, ignora le halètement d'Esmerelda et le courant brûlant qui fusa dans son propre bras. Puis il pencha la tête et appuya sa main sur la bosse en retenant un gémissement de douleur. Elle crispa les doigts puis les détendit et effleura doucement le relief. La tension qui habitait Julius depuis vingt-quatre heures diminua. Quand Esmerelda pencha la tête, il huma une odeur de sel mêlée d'un effluve fleuri et sensuel qui lui donna envie de l'attirer contre lui et d'enfouir son visage dans l'épaisse chevelure bouclée.

— Tournez-vous.

Le ton autoritaire le surprit mais il n'en montra rien et s'exécuta, alors que son esprit se rebellait d'instinct contre le fait d'obéir à un ordre.

— Accroupissez-vous. S'il vous plaît, ajouta-t-elle.

— Vous travailliez pour moi ? demanda-t-il tandis qu'elle palpait délicatement la bosse.

— Oui.

— Que s'est-il passé ?

— Vous m'avez congédiée, répondit-elle d'un ton neutre.

Elle s'interrompit un instant.

— Quelle est la dernière chose dont vous vous souvenez ? reprit-elle sur le même ton.

— Le moment où je me suis réveillé hier en fin d'après-midi dans une suite de l'hôtel Bancroft à Londres.

— Choc violent à la base du crâne.

Elle vint se placer devant lui et le regarda dans les yeux.

— Les pupilles ont l'air normales. Vous avez vomi ? Eu des vertiges ?

— Non. J'ai eu la nausée et la tête qui tourne aussitôt après m'être réveillé, mais cela a cessé rapidement.

— Qu'en pense le médecin ?

— Le médecin ?

Plissant les yeux, elle se posa les mains sur les hanches, ressemblant ainsi à une fée aussi adorable que furieuse.

— Ne me dites pas que vous ne vous êtes pas fait examiner ?

Quand il se redressa, la douleur lui lancina les tempes.

— Aller à l'hôpital aurait pris trop de temps. Quelqu'un m'a donné votre nom et votre adresse, et je suis venu directement ici.

Elle fronça les sourcils.

— Qui vous a donné mon nom et mon...

Il l'interrompit d'un geste.

— Avant de vous répondre, j'aimerais savoir...

Qu'allait-il apprendre ? Il inspira profondément.

— J'aimerais savoir qui je suis.

Elle leva la main et se frotta le front, puis le regarda.

— Asseyez-vous. *S'il vous plaît*, enchaîna-t-elle en le voyant hausser un sourcil. Je reviens.

Une table et des chaises étaient installées un peu plus loin sur la véranda qui courait tout autour de la maison. Quand il s'assit sur une chaise, celle-ci fit un drôle de bruit. Les taches de rouille étaient maladroitement camouflées sous une couche de peinture blanche... C'était un miracle qu'elle tienne encore debout.

Esme réapparut quelques instants plus tard, vêtue d'un short beige clair en plus du T-shirt bleu, et tenant une tasse fumante dans chaque main. Elle en posa une devant lui avant de s'asseoir de l'autre côté de la table.

— Café à la créole, dit-elle brièvement.

Il porta la tasse à ses lèvres et but une gorgée du breuvage au goût de café, de rhum, de cannelle et de miel.

— Merci, dit-il en reposant sa tasse sur la table. John Adamos n'est pas mon vrai nom, n'est-ce pas ?

— Pourquoi posez-vous la question ?

— Je n'ai pas l'impression que ce soit mon nom. Il n'évoque aucun souvenir en moi, aucune réminiscence.

— Non, ce n'est pas votre vrai nom.

Elle baissa un instant les yeux sur sa propre tasse, et quand elle le regarda une ombre voilait son regard. Elle était redevenue une étrangère, posée, sûre d'elle. Et distante.

— Vous vous appelez Julius Carvalho.

Quelque chose frémit dans son esprit. Un semblant de sensation.

— Julius, répéta-t-il.

Une lueur indéchiffrable traversa les yeux verts.

— Oui. Le prince héritier Julius Adamos Carvalho.

L'espace d'un bref instant, il faillit éclater de rire.

— Prince, répéta-t-il lentement.

— Oui. L'héritier du trône d'un petit État insulaire situé au large du Portugal. Rodina.

4

Il était resté assis sur sa chaise sans bouger pendant plus de trente minutes. Puis il était sorti de son mutisme et lui avait posé des questions sur lui-même et sur sa vie, comme s'il s'efforçait de reprendre possession de son passé. Il s'était arrêté plusieurs fois, avait inspiré profondément avant de poser une nouvelle question.

Lorsque, petit à petit, Esme avait compris qu'il ne jouait pas la comédie, elle avait frémi en pensant à ce qui avait pu lui arriver à Londres et causer ses blessures. Sans parler de son voyage en avion-cargo…

Il refusait d'appeler le Palais, disant qu'il devait d'abord digérer toutes les informations qu'elle venait de lui donner. Elle avait néanmoins réussi, avec beaucoup de mal, à le persuader de la laisser appeler son ami Burak, le chef de la sécurité de Julius, afin d'essayer de glaner quelque info susceptible de les aider à y voir plus clair.

Après s'être montré réticent à lui dire quoi que ce soit, Burak finit par reconnaître que le prince Julius avait pris deux semaines de congé.

— Seules quelques personnes triées sur le volet savent où il se trouve. Quand il est arrivé à l'aéroport et a vu les gardes rapprochés que je lui avais assignés, il m'a menacé de me renvoyer si je ne les rappelais pas.

— Tu veux dire que tu laisses le prince hériter se balader seul à travers le monde ? demanda-t-elle, abasourdie.

— Il fait le point toutes les quarante-huit heures par téléphone.

Esme n'insista pas. Elle appréciait Burak et le considérait comme l'un de ses amis, qui n'étaient pas nombreux. Elle le désapprouvait d'avoir accepté de laisser Julius partir sans protection, mais elle le connaissait. Quand il avait pris une décision, une seule personne pouvait le faire changer d'avis, son père, le chef de la sécurité de la famille royale. Et même dans ce cas, si Burak était persuadé d'avoir raison, il ne cédait pas facilement.

Après avoir mis fin à l'appel, elle s'éloigna de la fenêtre, ne voulant pas que Julius tourne brusquement la tête et voie qu'elle le surveillait comme une mère poule. Elle prit les tasses et les posa dans l'évier, les lava, les rinça. Elle avait besoin de se concentrer sur du *concret*.

Mais son esprit dériva malgré elle, la ramenant au jour où Julius était venu la voir à l'hôpital après l'accident. Elle venait de se réveiller d'un cauchemar atroce. Des gens hurlaient, un cheval effrayé ruait devant eux, en même temps qu'une douleur horrible lui brûlait la peau. Julius lui avait pris doucement la main et lui avait dit de se concentrer sur ce qu'elle voyait dans sa chambre, sur les sons qu'elle entendait. Un exercice tout simple, mais qui l'avait ancrée dans le présent et apaisée.

Peut-être était-ce à ce moment-là qu'elle avait commencé à passer du respect à l'amour.

Esme posa les tasses dans l'égouttoir, appuya les mains sur le plan de travail, puis en agrippa soudain le bord et pencha la tête en retenant un gémissement.

Après tout ce qui s'était passé, elle aimait toujours celui qui l'avait utilisée et trahie.

Non, cela ne pouvait pas être de l'amour.

Une toquade ? Un fantasme ? Un désir désespéré de combler enfin le manque qu'elle ressentait depuis toujours ?

Elle s'accrocha à cette pensée. C'était difficile d'oublier ce qu'ils avaient vécu, bien sûr. Elle et Julius étaient devenus très proches, l'an dernier. Il avait été là pour elle durant sa convalescence, l'avait soutenue lors des longues séances de rééducation. Et il avait été le premier homme avec qui elle ait couché depuis plus de deux ans. Par conséquent, c'était tout à fait normal qu'elle ait du mal à tourner la page.

Devait-elle lui parler de ce qu'ils avaient partagé à Paris ? Revivre l'humiliation subie lors de leur dernière entrevue, dans son bureau, avant qu'elle ne s'en aille, convaincue qu'elle ne le reverrait plus jamais ?

Mais à quoi cela servirait-il de dire la vérité à Julius, sinon de compliquer encore la situation ? D'autant qu'ils n'avaient passé qu'une seule nuit ensemble. Ils n'étaient pas sortis ensemble, n'avaient pas eu de liaison.

Elle devait se ressaisir. L'héritier du trône de Rodina était assis sur sa véranda et il avait perdu la mémoire. Il ne savait ni qui il était, ni ce qui lui était arrivé.

— Vous êtes furieuse.

Esme jura en son for intérieur. Personne ne l'approchait à son insu. Cela ne lui était pas arrivé depuis longtemps, en tout cas. Lentement, elle se retourna et soudain la pièce lui parut terriblement exiguë. Comment avait-elle pu la trouver spacieuse et avoir maintenant l'impression d'y étouffer ? Julius emplissait l'espace avec ses larges épaules et son torse musclé moulé dans la chemise toujours mouillée, et le pantalon qui,

Dieu merci, avait suffisamment séché pour ne pas coller au corps viril.

— Nous avons beaucoup de problèmes à régler.

— Oui, vous avez raison.

Il embrassa la pièce du regard.

— Comment avez-vous trouvé cette maison ?

— Sur un site de locations saisonnières.

Évidemment, elle n'avait rien à voir avec le luxueux hôtel parisien où ils avaient séjourné, ni avec la splendeur du palais de Rodina. La peinture des fauteuils blancs était écaillée, de vieilles photos jaunies montrant des paysages locaux étaient accrochées sur les murs d'un bleu passé.

Mais cela faisait partie de son charme. La maison était propre, le prix de location abordable, et d'un style totalement différent de celui de l'appartement qu'Esme occupait avant.

— Plutôt sympathique, comme cadre, dit Julius.

— Vous voulez dire bas de gamme.

Il reporta son attention sur elle et la regarda, un petit sourire au coin des lèvres. Les lèvres qu'elle avait embrassées, avec lesquelles il lui avait embrassé les seins, avant de les laisser glisser sur son ventre, puis sur…

— Vous rougissez.

— Non, je ne rougis pas, répliqua-t-elle en se dirigeant vers le coin salon.

Saisissant le plaid posé sur le sofa, elle la plia pour se donner une contenance.

— Ma peau réagit, ce n'est pas la même chose.

— Ah ?

— Et rougir, ou « rosir », est réservé à de belles femmes.

Des belles femmes comme sa mère. Comme la future épouse du prince Julius Carvalho.

— Dans mon cas, il s'agit d'une réaction épidermique.

— Qu'entendez-vous par là ?

Surprise par la dureté de sa voix, elle leva les yeux vers lui et vit qu'il la regardait en plissant les yeux.

— Je deviens écarlate. En plus des taches de rousseur, et de la couleur de mes cheveux. Ce n'est vraiment pas terrible, comme association.

— Et qui vous a dit cela ?

Esme posa la couverture sur le dos du sofa et la lissa. Elle entendait encore le soupir déçu de sa mère le jour où elle avait refusé, pour la énième fois, d'aller chez le coiffeur pour se faire faire une coloration qui « donnerait quelque chose de plus heureux que ce malheureux mélange de rouge et de jaune ».

— Peu importe.

Elle l'avait entendu répéter si souvent qu'elle avait presque fini par le croire.

— Je me demande comment nous en sommes arrivés à parler d'une chose aussi ridicule, poursuivit-elle. Nous devrions plutôt discuter de ce que nous allons faire de vous.

— Étant donné que vous en savez plus que moi sur... sur tout, répliqua-t-il en penchant la tête vers elle. Je suis forcé de m'en remettre à vous.

— Très bien.

Elle s'assit sur le bras du sofa.

— Vous allez appeler le Palais et leur dire ce qui vous...

— Non.

Ah... Son attitude l'irrita, mais Esme se domina.

— Excusez-moi. J'avais cru comprendre que vous vous en remettiez à moi.

— Si ce que vous me dites est vrai, je...

— *Si* ? l'interrompit-elle à son tour.

— Reconnaissez qu'annoncer à quelqu'un qu'il est prince,

et l'héritier de la Couronne d'un État européen de surcroît, ce n'est pas banal.

Elle inclina la tête de côté et sourit.

— Aussi peu banal que de voir un prince débarquer chez une garde rapprochée après l'avoir congédiée, et lui déclarer qu'il a complètement perdu la mémoire ? Ou peut-être...

— C'est bon, coupa-t-il en se passant la main dans les cheveux d'un geste agacé.

Puis il lui tendit le téléphone portable prépayé qu'il avait acheté à l'aéroport.

— J'ai trouvé de quoi étayer vos dires.

— Je n'ai pas l'habitude de mentir, figurez-vous.

— Je sais. Mais vous devez bien comprendre que j'aie besoin de le voir de mes propres yeux, de retrouver le fil de... de ma vie. Mais, ajouta-t-il en se rapprochant d'elle, c'est curieux, on ne parle nulle part de mes fiançailles, de la femme que je fréquente.

— Étant donné que vous ne fréquentez personne depuis plus d'un an, ce n'est pas étonnant.

— Je ne suis pas fiancé, alors.

— Pas encore. Mais vous le serez bientôt.

— Avec qui ?

— Vous ne m'en avez rien dit. Vous ne le saviez peut-être pas vous-même.

— Comment cela ? fit-il en haussant les sourcils.

— « Les mariages royaux sont des transactions destinées à assurer et renforcer la stabilité du pays. » Je vous cite, vous et votre père. Par conséquent, je suis certaine qu'une liste de candidates au pedigree approprié vous a été communiquée peu de temps après, ou avant mon départ. Vous êtes peut-être allé à Londres pour acheter une bague de fiançailles ?

Esme sentit un goût de bile lui monter aux lèvres, puis eut

honte de sa réaction. Elle aurait été fière de servir et de protéger la future reine de Rodina. Si elle n'avait pas failli à ses devoirs et couché avec le futur mari de celle-ci.

Julius se détourna et se dirigea vers le sac de voyage qu'elle avait déposé à l'entrée de la pièce pendant qu'il était assis sur la véranda. Il glissa la main à l'intérieur et en sortit un écrin de velours noir.

— C'est vous que j'avais indiquée comme contact à la joaillerie. Je leur avais donné votre nom et votre adresse. Pourquoi ?

Ne supportant pas de voir l'écrin, Esme tourna les yeux vers la fenêtre et contempla la plage, la mer.

Concentre-toi sur l'avenir. Réponds à ses questions. Trouve-lui de l'aide. Fais-le sortir de ta vie une fois pour toutes.

— C'est une pratique courante d'indiquer le nom d'un agent de sécurité comme contact lorsqu'un membre de la famille royale préfère ne pas attirer l'attention pour une raison ou une autre.

— Mais vous avez dit que vous ne travailliez plus pour moi depuis plus d'un mois.

— Vous avez dû fixer le rendez-vous avant de me renvoyer.

— Et donner une adresse aux Antilles ?

Là, il lui posait une colle. Sans doute avait-il fait appel à un enquêteur privé pour la retrouver. Pourquoi, c'était une autre histoire. Et elle se fichait de le savoir. Elle ne *voulait* pas le savoir.

— Pourquoi vous ai-je renvoyée ?

Cette fois, c'en était trop. Elle avait tenu jusque-là, mais il fallait que Julius parte, maintenant. Qu'il retourne à sa vie de prince et soit soigné par son médecin personnel. Et qu'il la laisse tranquille.

— Vous finirez par vous en souvenir, ou quelqu'un vous renseignera.

Esme lui tendit son téléphone.

— Vous pouvez vous en servir pour appeler le Palais. Expliquez-leur ce qui est arrivé et ils...

— Non.

Elle réprima à grand-peine son irritation.

— Pardon ?

— Je viens de découvrir que je suis un prince. Et de surcroît l'héritier d'un trône, insista-t-il d'une voix sombre et dure. Ce que vous venez de me décrire me paraît détestable, pour ne pas dire répugnant. Mes moindres faits et gestes épiés par des agents de sécurité. Une fiancée sélectionnée comme une marchandise.

— Qu'espériez-vous ? rétorqua Esme. Vous êtes un *vrai* prince. Il ne s'agit pas d'un conte de fées.

— Savez-vous ce que j'espérais, Esmerelda ?

Elle tressaillit intérieurement en l'entendant prononcer son prénom. La dernière fois qu'il l'avait fait, il l'avait murmuré quand il s'était enfoui en elle.

— Je peux seulement l'imaginer.

— J'espérais que vous seriez la femme pour qui j'avais acheté la bague. Que j'arriverais ici et découvrirais que j'étais un banquier, ou un P-DG, un type lambda mais suffisamment riche pour payer cash un bijou d'une telle valeur.

Il baissa les yeux sur l'écrin qu'il serrait entre ses doigts.

— Je pensais qu'elle vous était destinée, pas à une femme choisie sur une liste.

L'entendre dire qu'il avait cru avoir acheté cette bague pour elle... Qu'il l'avait *espéré*... fut insupportable à Esme. Dès l'instant où ils s'étaient embrassés, elle avait su que cela ne durerait pas. Il était prince. Les princes épousaient des princesses, des duchesses, des filles de politiciens ou venant de familles fortunées et puissantes. Elle avait anticipé, et accepté, la souffrance qui s'ensuivrait. Pour elle, cette nuit magique valait tous les sacrifices.

En revanche, elle ne s'était pas attendue à ce que cela se termine aussi brutalement. Et dès leur retour à Rodina.

— Je regrette que vous ayez découvert la vérité de cette façon, mais je ne peux plus vous aider. Et je vous conseille à nouveau d'appeler le Palais. Je suis sûre qu'un avion peut être prêt en moins d'une heure.

Julius plongea son regard dans le sien. Elle eut du mal à ne pas détourner les yeux. Tous ses souvenirs allaient-ils lui revenir d'un coup, comme dans les films ? Allait-elle essuyer à nouveau son mépris et son rejet ?

Il s'avança vers elle. Esme s'interdit de reculer.

— J'ai des impressions, j'éprouve des sensations. Elles sont floues, enveloppées d'ombre. Mais je me souvenais de vous avant d'entendre citer votre prénom à la joaillerie.

Lentement, il leva la main et lui repoussa une boucle de la joue.

— Lorsque Mlle Smythe, la joaillière, a prononcé votre nom comme personne de contact, j'ai su que je vous connaissais. Qu'il y avait quelque chose d'important entre nous. Une sorte de lien... resté en suspens.

Un éclat doré illuminait les yeux bruns. Son cœur frémit. Son esprit étouffa le désir qui ne demandait qu'à se réveiller.

— Peut-être parce que vous vous sentez coupable de m'avoir éjectée sans ménagement de votre équipe de protection rapprochée, répliqua-t-elle avec une pointe d'ironie.

Il pinça les lèvres.

— Nous étions amants.

— Non.

Menteuse. Non, ce n'était pas un mensonge. Julius ne l'avait jamais aimée. Il s'était amusé avec elle, avant de se ressaisir rapidement et de la rejeter, de crainte de voir sa réputation entachée par une aventure d'une nuit avec sa garde rapprochée.

— Non ? fit-il en fronçant les sourcils. Je me rappelle...

Une telle confusion se lut soudain dans son regard qu'Esme faillit tout lui dire. Avant de se rappeler ses paroles.

Je dois préserver ma réputation, mademoiselle Clark. Par conséquent, votre présence parmi l'équipe assurant ma protection représente une menace.

— Nous n'étions pas amants, Altesse. J'étais votre garde rapprochée. Et nous étions amis. Ou du moins je le croyais.

Cette fois, elle détourna les yeux, consciente de déformer la réalité. Mais elle ne pouvait plus supporter de repenser aux choses horribles qu'il lui avait dites, de revivre la souffrance atroce ressentie alors.

— Votre père insistait pour que vous vous mariiez. Vous m'avez mutée sans même m'en parler au préalable et vous m'avez annoncé la nouvelle très brutalement.

— Pourquoi ?

— Vous avez dit qu'une équipe exclusivement masculine donnerait une meilleure image.

À lui d'interpréter ces paroles comme il le voudrait.

— J'ai envoyé ma démission par mail et quitté Rodina le jour même. J'en avais assez de laisser les autres décider de ma vie, de mes choix. Je suis passée brièvement à la maison que m'a laissée ma mère en Écosse, pris quelques dispositions relatives à mes affaires, puis j'ai réservé un vol pour les Antilles afin de faire le point au calme, de réfléchir à ce que je voulais faire de ma vie. Et puis vous êtes arrivé.

Elle le regarda bien en face, redressa les épaules et faillit s'effondrer quand, après avoir soutenu son regard, il souleva le couvercle de l'écrin.

5

Les diamants ne l'avaient jamais attirée. Elle ne s'y était jamais intéressée. Mais celui-ci, tacheté de noir et entouré de pierres bleues et de perles minuscules...

Un rayon de soleil effleura le diamant qui étincela. Esme tressaillit et redescendit sur terre.

— Votre future fiancée a de la chance. Je ne sais pas qui vous choisirez, mais je suis certaine qu'elle l'appréciera.

— Cette bague ne vous était pas destinée ? Vous en êtes sûre ?

Elle refoula l'amertume et la souffrance qui menaçaient de la submerger.

— Je peux vous affirmer que vous n'auriez jamais choisi une femme comme moi, dit-elle après s'être éclairci la voix.

— Une femme comme vous, répéta-t-il lentement en refermant l'écrin et en le posant sur la table.

— Celle qui portera cette bague sera digne de vous et de son rôle. Elle sera belle, distinguée, riche, et dotée du pedigree approprié.

Elle leva la main et agita les doigts.

— Ce ne sera pas une garde rapprochée reconvertie qui n'est jamais allée chez une manucure et qui boit des punchs sur une petite plage d'une île des Antilles.

— Vous me semblez bien plus intéressante que ma future fiancée.

La souffrance lui transperça la poitrine, Esme l'ignora. Pour cet homme amnésique, elle était sans doute attirante. Pour le prince Julius Carvalho, elle n'était rien. Il avait été très clair là-dessus.

Il contourna le sofa. Elle aurait dû quitter son perchoir et s'enfuir, le plus loin possible. Mais elle avait été formée pour résister, pour affronter le danger. Aussi resta-t-elle immobile quand il s'approcha, emplissant tout l'espace.

— Merci, Altesse.

L'emploi de son titre ne l'arrêta pas. Son amnésie n'avait diminué en rien son charisme, l'aura de puissance qui émanait de sa haute silhouette.

Mais cette fois elle n'y succomberait pas. Sinon, elle ne s'en remettrait pas.

Julius s'arrêta devant elle. La chaleur palpita entre eux. Leurs regards se croisèrent, la température monta.

— Je ne sais pas qui vous a persuadée que vous n'étiez ni belle ni attirante et que vous manquiez de dignité, mais c'est un imbécile.

— *Une*. C'est ma mère.

— C'est une imbécile, répéta-t-il. Le premier souvenir qui m'est revenu, c'était la vision d'un lustre en cristal. Le deuxième, le son d'une voix.

Il se pencha légèrement vers elle, ses yeux bruns luisirent de reflets dorés.

— Le troisième, vos cheveux.

— Mes cheveux… ? murmura Esme.

Levant la main, il prit une mèche et se l'enroula autour du doigt.

— Oui. Semblables à des flammes se répandant sur mes mains.

Le désir lui transperça le cœur. Ses propres souvenirs remontèrent des profondeurs où elle les avait relégués. Elle revit Julius se redresser au-dessus d'elle après l'avoir embrassée. L'éclat des yeux bruns quand il avait glissé les doigts dans ses cheveux. Pour la première fois de sa vie, Esme s'était sentie désirée pour elle-même.

Il lui avait fait croire des choses qui n'étaient pas réelles et ne le seraient jamais.

— Pourquoi aurais-je ce souvenir s'il n'y avait rien eu entre nous ? poursuivit-il.

Prise de court, elle s'efforça de trouver une raison valable.

— Il y a un an, j'ai eu un accident et ai été hospitalisée. Vous êtes venu me voir et vous avez soulevé mes cheveux pour examiner le pansement.

Quand il s'était penché vers elle, somptueusement beau dans un costume bleu acier et une chemise de soie blanche, et avait repoussé délicatement ses cheveux, quelque chose avait basculé en elle. Le respect et la loyauté s'étaient transformés en désir. Esme l'avait dominé pendant des mois, convaincue que ce désir n'était pas réciproque, ou qu'elle s'imaginait éprouver du désir pour lui.

Jusqu'à Paris.

Il la regarda d'un air étrange.

— Vous croyez que c'est uniquement de cela que je me souviens ? Il n'y a rien eu d'autre ?

— Je n'en sais rien, je ne suis pas médecin, répondit-elle d'un ton délibérément désinvolte.

Cette fois, elle descendit de son perchoir et s'éloigna. Elle avait besoin d'espace pour se concentrer, réfléchir calmement à la meilleure conduite à tenir.

Elle se dirigea vers le coin cuisine et entreprit de préparer du thé.

— Je n'ai pas la moindre idée de ce qui se passe dans votre tête, Altesse, ajouta-t-elle.

— Je vois.

Le silence s'installa. Les sons emplirent le vide, les craquements du toit, le murmure de la brise, le bruit de l'eau qui chauffait. Chaque son s'amplifia, la tension lui enserra la poitrine, lui bloquant presque la respiration.

— Vous devriez appeler Burak, le chef de votre sécurité.

Bien. Se rattacher au concret, au professionnel. Poser des jalons pour préparer le départ de Julius.

— Sinon, l'Invincible Armada va traverser l'océan pour venir me chercher ?

— De quoi avez-vous peur ? demanda Esme en se retournant vers lui. Vous êtes venu jusqu'ici pour me voir, pour obtenir des réponses. Au Palais, vous trouveriez tout ce dont vous avez besoin. Et vous bénéficieriez de soins appropriés.

— Quand je suis venu ici, j'étais concentré sur une seule personne. Pas sur un pays entier dont vous dites que le salut repose sur mon père et sur moi.

Un petit pli se creusa entre ses sourcils tandis qu'il battait des paupières deux fois de suite. Elle reconnut les signes d'un mal de tête imminent. Combien de fois les avait-elle perçus alors que personne d'autre ne les remarquait ? Comment de fois, au fur et à mesure qu'elle s'enhardissait, était-elle allée lui préparer une tasse de thé ou lui avait-elle proposé un comprimé d'aspirine ?

— J'ai besoin de temps, Esmerelda.

Il s'effleura les tempes du bout des doigts.

— Je ne veux pas être bousculé.

Très bien. Et comment comptait-il se débrouiller ?

— Lorsque vous appellerez Burak pour faire le point, dites-lui que vous avez quitté l'Angleterre et qu'on vous a volé votre portefeuille. Donnez-moi votre téléphone, je vais composer son numéro, ajouta-t-elle en tendant la main.

Elle prit l'appareil en évitant de toucher les doigts de Julius, puis composa le numéro de Burak, et le lui rendit.

— Ils vous feront parvenir un nouveau passeport, des cartes de crédit, et tout ce dont vous pourriez avoir besoin, et ce en moins de vingt-quatre heures.

Elle réprima un soupir.

— Vous pouvez rester ici en attendant.

Impossible de laisser le prince héritier de Rodina sans papiers et sans argent. Elle le savait. Mais elle savait tout autant que l'héberger, ne serait-ce que quelques heures, n'était pas une bonne idée.

— Vous êtes sûre ? demanda-t-il en scrutant son regard.

Non.

— Oui. Je veux avoir la conscience tranquille.

— Quelle générosité..., répliqua-t-il, pince-sans-rire. Mais puisque j'en profite, je ne vais pas me plaindre.

Il regarda autour de lui et haussa imperceptiblement un sourcil brun.

— Je me demande toutefois comment nous allons nous accommoder d'un espace aussi... intime.

— Le sofa est très confortable. Je vous laisse le lit.

— Non.

L'impériosité du ton la fit tiquer.

— Pardon ?

— Je ne vous prendrai pas votre lit. À moins que..., ajouta-t-il avec l'ombre d'un sourire, vous le partagiez avec moi...

Le désir fusa en elle avec une telle intensité qu'Esme eut du mal à le refouler.

Elle se revit sur le lit immense avec Julius, leurs corps se mêlant tandis qu'ils faisaient l'amour pour la deuxième fois. Peau contre peau. Ses seins pressés contre la toison bouclée recouvrant le torse musclé, ses cuisses bougeant avec les siennes, les grandes mains chaudes se refermant sur ses fesses pour la serrer plus étroitement encore contre lui...

— C'est absolument inenvisageable. D'autant plus que vous avez acheté une bague pour une femme qui, même si elle ne le sait pas encore, vous attend quelque part.

Le beau visage s'assombrit.

— Je ne vous prendrai pas votre lit.

— Eh bien, dormez sur le plancher *à côté* du lit. Je ne l'occuperai pas alors qu'un prince dort sur le sofa.

Il s'avança vers elle.

— Vous dormirez dans votre lit, quitte à ce que je vous y mette de force.

Le cœur battant la chamade, Esme vit le regard de Julius s'assombrir encore, puis descendre lentement sur son corps.

— Qu'est-ce qui vous donne le droit de me donner des ordres ?

Un lent sourire se dessina sur ses lèvres.

— Ne suis-je pas un prince ?

— Si. Mais vous n'êtes plus mon supérieur.

Brusquement, elle en eut assez de cette comédie ridicule. Elle passa devant Julius, lui donna délibérément un coup d'épaule dans la poitrine, et s'avança vers la porte. Il avait perdu le droit de lui dire ce qu'elle devait faire. Elle ne laisserait plus jamais personne lui dicter sa conduite. Ni son père ni Julius.

— Faites ce que vous voulez, *monsieur*. Mais je vous recommande néanmoins d'appeler Burak.

Elle s'arrêta devant le seuil et se retourna, un petit sourire moqueur aux lèvres.

— À moins que vous ne souhaitiez faire l'expérience de la

redoutable efficacité des services de protection de la famille royale. Ils vous localiseront en un rien de temps et viendront vous chercher pour vous ramener à Rodina, de gré ou de force.

Sans lui laisser le temps de répondre, elle se détourna, franchit le seuil et fit claquer la porte derrière elle.

— Oui, Burak, tout va bien, je vous assure. Merci, Burak.

Julius raccrocha et se rassit sur la véranda, puis ferma les yeux en sentant la douleur exploser dans sa tête. Le chef de sa sécurité avait paru méfiant. Mais le mot de passe enregistré par Esmerelda dans le téléphone en même temps que son numéro l'avait rassuré.

Burak lui avait plu. Respectueux et ferme, avec un léger accent turc, il avait satisfait ses quelques demandes avec une efficacité remarquable. Non sans avoir laissé échapper un juron lorsque Julius avait bien été obligé de lui avouer qu'il avait voyagé à bord d'un avion-cargo...

À aucun moment Julius n'avait senti de lien avec celui qui dirigeait son équipe de protection personnelle depuis plus d'un an, mais leur discussion avait été productive. Il pourrait rapidement accéder à son compte bancaire et avoir un nouveau passeport. En revanche, leur échange avait ravivé le mal de tête. La douleur qui lui étreignait en permanence la nuque s'était propagée jusqu'aux tempes, prenant des proportions presque insoutenables.

Ce qui prouvait qu'il avait besoin de temps. Pour se reposer, reprendre des forces et, avec un peu d'espoir, recouvrer la mémoire avant de rentrer à Rodina et de reprendre sa place et ses fonctions de prince héritier.

Cependant, il ne s'agissait pas seulement de cela. Après lui avoir fait cette révélation stupéfiante, Esmerelda l'avait laissé seul sur la véranda pour lui laisser le temps d'assimiler l'énormité de ce qu'elle venait de lui apprendre. Après être resté sous le choc un long moment, il était sorti de sa torpeur et avait effectué des recherches sur Internet pour obtenir des informations sur lui-même. Il avait alors vu défiler des photos le montrant vêtu de costumes élégants et luxueux, l'air froid et distant. Les quelques photos où on le voyait en compagnie d'une femme, jamais la même, remontaient à plus de dix-huit mois.

Il avait trouvé quantité d'articles sur lui mais rien de personnel. Aucune passion connue, aucune photo le montrant un tant soit peu détendu, jamais le moindre sourire. Le flou entourant sa vraie personnalité avait fait remonter en lui le trouble éprouvé devant le miroir quand il n'avait pas reconnu le visage qui le fixait.

Du temps. Il lui fallait du temps. Julius avait confirmé à Burak qu'il ne rentrerait pas avant la fin des deux semaines prévues au départ. Il en aurait bien besoin pour se reposer et, peut-être, recouvrer la mémoire.

Et découvrir le puzzle que représentait Esmerelda Clark.

Il repensa à ce qui s'était passé juste avant qu'elle sorte de la maison. Le désir qui avait vibré entre eux, la méfiance mêlée de désir qu'il avait vue dans les beaux yeux verts.

De toute évidence, elle répugnait à lui donner les réponses dont il avait besoin. Par conséquent, il allait devoir user de patience. Le désir qui avait palpité entre eux, la fuite d'Esmerelda, tout cela confirmait qu'ils avaient partagé davantage qu'une relation professionnelle.

Et s'il se trompait ? Si elle disait la vérité ?

À moins que l'attirance ait été unilatérale.

Aucune de ces hypothèses ne le satisfaisait. D'autre part, qu'ils aient été amants ou pas, quelque chose s'était passé entre eux. Une chose funeste qui avait détruit leur relation.

Une image jaillit dans son esprit, cela ne dura qu'un instant, mais il eut le temps de voir le visage d'Esmerelda, ses taches de rousseur ressortant sur sa peau claire tandis qu'elle le regardait, les yeux brillant de larmes contenues. Sa souffrance l'atteignit en pleine poitrine, puis un autre souvenir resurgit, ou plutôt une sensation. Celle d'une détermination le poussant à…

Un mur se dressa. Julius jura en sentant le mal de crâne tourner au supplice.

Des pointes brûlantes s'enfonçaient impitoyablement dans son crâne, encore et encore.

Plusieurs minutes s'écoulèrent avant que la douleur rétrocède suffisamment pour lui permettre de se concentrer sur autre chose. Il baissa les yeux sur sa montre, achetée à l'aéroport en même temps que le téléphone. Cela faisait une heure qu'Esmerelda était partie.

Et si elle quittait l'île et disparaissait ?

Sa poitrine se serra. Puis se détendit quand il entendit craquer les marches de bois. Esmerelda apparut au sommet de l'escalier, les cheveux remontés en chignon souple sur le dessus de la tête, des petites mèches bouclant autour de son visage. Elle portait un sac en toile à l'épaule.

— J'ai fait des courses, dit-elle en suivant son regard. De quoi tenir jusqu'à demain soir.

— Merci.

Elle hocha la tête, passa rapidement à côté de lui et entra dans la maison. Julius attendit quelques instants, rassembla ses pensées, passa sa stratégie en revue, puis la rejoignit.

— J'ai appelé Burak. Il n'a pas apprécié mon changement de programme mais il va satisfaire mes demandes au plus vite.

— Parfait.

Il la regarda sortir un couteau, une planche à découper, puis commencer à couper des fruits.

— L'une de mes demandes était de me trouver une résidence plus spacieuse.

Le couteau s'arrêta au-dessus de la papaye.

— Vous partez, alors ?

— Oui.

Elle leva les yeux, battit des cils, puis hocha la tête.

— Très bien. C'est une bonne nouvelle.

— J'aimerais que vous veniez avec moi.

Un petit pli creusa le beau front lisse.

— Je ne rentre pas à Rodina.

— Moi non plus. Pas maintenant. Je reste ici.

Elle entrouvrit les lèvres.

— Vous pouvez répéter ?

— Je reste sur l'île. Et j'aimerais que vous vous installiez avec moi.

— Je n'ai peut-être pas été assez claire, commença-t-elle en reposant le couteau. Je ne veux plus rien avoir à faire avec vous. Je suis désolée pour votre accident, mais vous avez dit clairement que vous ne vouliez plus travailler avec moi.

— Et maintenant j'ai changé d'avis.

— Vous ne pouvez pas changer d'avis comme ça ! protesta-t-elle avec colère. J'ai avancé. Au cas où vous ne l'auriez pas compris, j'ai quitté le pays où je suis née et où j'ai grandi, et décidé de partir à l'autre bout du monde pour prendre un peu de temps pour moi, pour faire le point, avant d'entamer une nouvelle phase de ma vie. Et brusquement, je vois apparaître l'homme qui, après m'avoir éjectée de son équipe de protection, m'a poursuivie jusqu'ici. Je suis venue ici pour avoir la paix – et j'ai payé assez cher pour cela. Et vous croyez que vous pouvez débarquer sans prévenir et prendre de nouveau le contrôle de ma vie ? Vous croyez vraiment qu'après que vous...

Elle s'interrompit, comme pour chercher les mots susceptibles de traduire ce qu'elle voulait exprimer.

— Après que vous m'avez fait muter sans même m'en parler avant ? Vous m'avez annoncé sans ménagement que j'étais affectée à un poste qui, vous le saviez très bien, ne m'intéressait absolument pas. Et après tout cela, vous croyez vraiment que je vais me plier à vos exigences ?

— Je pensais que mon amnésie pourrait intercéder en ma faveur et vous faire accepter ma proposition.

— Eh bien, ce n'est pas le cas, riposta-t-elle. Je me concentre sur *ma* vie, maintenant. Vous devriez faire la même chose et vous concentrer sur la vôtre.

— Je veillerai personnellement à ce que vous ayez une lettre de recommandation pour vos futurs employeurs. Et je vous verserai cent mille euros en échange de vos services en tant garde du corps.

Elle haussa les sourcils et écarquilla les yeux.

— Cela équivaut quasiment à un an de salaire.

— J'interromps vos vacances. Après vous avoir licenciée. C'est le moins que je puisse faire pour vous dédommager.

— Vous servir de garde du corps ? répéta-t-elle, l'air méfiant. C'est tout ce que je serais censé faire ? Ou ce rôle serait-il assorti d'autres fonctions ?

— Telles que ?

— Partager votre lit.

Là, elle dépassait les bornes.

— Ce n'est pas ce que je vous propose, mademoiselle Clark, dit-il sèchement.

Elle tressaillit de façon visible, puis secoua la tête et le gratifia d'un petit sourire ironique.

— Vous avez beau avoir perdu la mémoire, vous êtes toujours aussi arrogant et insensible.

Quand elle tourna les talons et s'éloigna, il lui emboîta le pas, lui saisit le coude et la fit pivoter vers lui.

— Je vais essayer une autre tactique, alors.

Elle dégagea son bras d'un mouvement brusque.

— Rien de ce que vous pourrez dire ne me fera...

— S'il vous plaît.

Une lueur stupéfaite éclaira les yeux verts.

— Pardon ?

— S'il vous plaît, mademoiselle Clark. J'essaye de mettre toutes les chances de mon côté, dans l'espoir de retrouver la mémoire avant de rentrer à Rodina. Je serai plus à même de remplir mes fonctions si j'ai le temps de récupérer, et j'y arriverai plus facilement si j'ai avec moi une personne qui me paraît familière. Qui me connaît. Mieux que je ne me connais moi-même.

Elle hésitait mais n'était pas loin de capituler. Il le vit à sa façon de se mordiller les lèvres, de croiser les bras sur son buste. Elle rechignait encore, mais ses défenses commençaient à s'émousser.

— Pourquoi ne demandez-vous pas à Burak de...

— Je ne le connais pas.

— Vous ne vous souvenez pas non plus de moi, répliqua-t-elle en fronçant les sourcils.

— Vous êtes la seule personne de ma vie, ou plutôt de mon ancienne vie, qui fasse remonter en moi des réminiscences, confuses, certes, mais ce sont les seules que j'aie. En plus du souvenir d'une voix et d'un énorme lustre en cristal. Avec vous, je me sens plus calme. Je me rétablirai plus vite à proximité d'une personne avec qui je me sens bien. Cela pourrait même m'aider à retrouver mes souvenirs.

Les bras toujours croisés résolument, elle le dévisagea en silence. Elle le *jaugeait*. Soupçonnait-elle qu'il avait un autre plan en tête ? Tout ce qu'il disait était vrai, mais il voulait aussi découvrir ce qui s'était passé entre eux, connaître la femme qui se tenait devant lui, comprendre la cause et la nature de l'éclat qu'il voyait dans son regard à chaque fois qu'il s'approchait d'elle. Comprendre ses propres réactions vis-à-vis d'elle, la force qui le poussait vers elle.

— Et si vous ne retrouvez pas la mémoire ?

— Quoi qu'il arrive, je rentrerai à Rodina.

Julius s'interrompit un instant avant d'ajouter :

— Vous m'avez dit que vous aimiez votre pays. Si vous disiez vrai, aidez-moi.

— Je vous interdis de vous servir de cela pour me manipuler, riposta-t-elle en redressant la tête.

— J'essaye seulement de vous manipuler un *tout petit* peu.

Elle haussa les sourcils.

— OK, concéda-t-il en levant les mains en l'air. J'essaye de vous manipuler, je le reconnais. Mais il y a du vrai dans ce que je dis. Vous aimez votre pays et, dans l'état actuel des choses, votre pays a besoin de vous. La famille que vous avez servie a besoin de vous. Et si vous restez avec moi, j'aurai en plus l'occasion de réparer les torts que je vous ai causés, bien que je ne le mérite probablement pas.

Durant un long moment, elle le dévisagea en silence, puis soupira. Il avait gagné.

— J'accepte. Mais cela ne me plaît pas.

— Qu'est-ce qui ne vous plaît pas ?

— Je n'aime pas l'incertitude, le fait de renoncer au temps que je voulais m'accorder.

Elle tira sur l'élastique retenant les cheveux couleur de feu, les boucles aux reflets acajou et cuivrés ruisselèrent sur les belles épaules rondes.

— Pendant des années, les autres ont pris des décisions et

fait des choix à ma place, organisé ma vie en fonction de leurs désirs et de leurs besoins. Je ne l'accepterai plus jamais. Surtout maintenant que j'ai rompu tous les liens qui m'entravaient.

Julius inclina la tête devant elle.

— Je ne vous demanderai plus rien après ces deux semaines. Je vous le promets.

— Sauf si vous changez à nouveau d'avis, répliqua-t-elle en plissant les yeux.

— Cela dépendra de la nature de l'événement qui aura provoqué ce revirement, ne put s'empêcher de repartir Julius avec humour.

6

Le soleil s'élevait lentement au-dessus de la mer des Caraïbes, faisant miroiter des reflets dorés sur la surface de l'eau. Une mouette poussa son cri au loin. Les pelouses entretenues avec soin descendaient jusqu'à la plage privée de sable blanc, avec çà et là un palmier ou un parterre de fleurs aux teintes vibrantes.

Idyllique à souhait. Mais la beauté environnante ne parvenait pas à émouvoir Esme.

Elle laissa échapper un bâillement et resserra sur elle les pans du peignoir en soie épaisse et douce trouvé dans la salle de bains. Dans moins d'une heure, les températures grimperaient et les vacanciers se précipiteraient dans la mer ou dans une piscine. Mais il faisait déjà bon et la brise venant du large l'apaisait. Esme avait en effet grand besoin d'apaisement après la nuit qu'elle avait passée.

Après avoir accepté d'accompagner Julius dans sa nouvelle résidence, elle avait fait ses bagages – une petite valise en tout et pour tout – et traversé la plage avec lui. Un canot les attendait et les avait conduits à un superbe catamaran. Le capitaine, homme débonnaire d'une cinquantaine d'années, les avait déposés un peu plus tard au sud de l'île, dans le quartier chic de l'Anse aux Épines.

Durant le trajet, Julius n'avait pas dit grand-chose. En vérité, il s'était conduit en parfait gentleman après qu'elle eut accepté sa proposition. L'homme sensuel avait fait place à un autre, plus amical et plus doux que le prince Julius Carvalho, mais n'ayant plus rien de commun avec celui dont le regard avait brûlé de désir lorsque, l'espace d'un instant, elle avait cru, à tort, qu'il allait l'embrasser.

Après avoir réussi à la persuader d'accepter de l'accompagner, il s'était refermé sur lui-même et ne lui avait plus posé de questions. Et, au lieu d'en être soulagée, Esme s'était sentie frustrée. L'attirance qui avait palpité entre eux lui avait manqué. Ainsi que le désir qui avait flamboyé dans ses yeux, reflet de celui qui devait briller dans les siens.

Agacée contre elle-même, elle s'était montrée grincheuse et brusque avec lui.

Jusqu'à ce que le catamaran accoste le ponton privé de la villa « Les Colombes » et qu'elle ait presque l'impression de pénétrer dans un conte de fées.

La villa était belle. Non, plus que cela. Magnifique. Une merveille d'architecture. Murs blanc ivoire, colonnes blanches flanquant la haute porte d'entrée, le tout surmonté d'un toit de tuiles rouges qui apportait une touche de gaieté à l'imposante bâtisse qui, sans cela, aurait eu un aspect austère.

Julius lui avait tendu la main pour l'aider à descendre à quai. Elle ne l'avait pas prise, avant de le regretter en le voyant se détourner et s'avancer dans l'allée conduisant à la villa. Un majordome stylé et avenant, Aroldo, les avait accueillis avec chaleur et leur avait fait visiter les pièces principales.

L'intérieur et l'extérieur se confondaient, grâce aux baies vitrées dont les parois coulissantes s'encastraient dans les murs une fois ouvertes. Des pavés anciens en terre cuite recouvraient le sol, mettant en valeur le mobilier sobre et raffiné, ainsi que la décoration déclinant des tons de blanc et de bleu. Suspendus au centre des hauts plafonds, de grands ventilateurs tournaient en silence.

Après l'avoir remercié, Julius avait demandé à Aroldo de la conduire à sa chambre, puis s'était tourné vers elle et avait incliné la tête.

— Nous nous reverrons peut-être au dîner.

Esme ne l'avait pas rejoint à ce moment-là ni ne l'avait revu de la soirée. Elle avait sorti fébrilement ses quelques affaires de la valise et les avait rangées. Puis elle avait regardé les annonces d'emploi en ligne, espérant trouver une proposition inattendue, sentir un déclic.

Et entendre soudain frapper à sa porte.

Agacée par ses réactions contradictoires, elle avait essayé de se concentrer sur son nouvel environnement. Sa chambre était superbe. Une bonne odeur de cire montait du plancher patiné par le temps. Au centre, un grand lit, avec des oreillers blancs appuyés contre la tête de lit gris perle. En face du lit, un sofa recouvert du même tissu gris perle, et au-dessus de celui-ci, une large fenêtre donnant sur les jardins immenses. À gauche, la salle de bains, laquelle comprenait une baignoire de marbre blanc sur pieds installée devant une mosaïque murale représentant une fleur tropicale rouge écarlate sur fond de ciel bleu azur. À droite, une baie vitrée occupait tout un côté de la pièce et ouvrait sur une terrasse dont les quelques marches conduisaient à la piscine à débordement.

L'élégance se combinait à la détente, la qualité au confort. Le luxe à la richesse.

De plus en plus nerveuse et réalisant qu'elle mourait de faim, Esme était alors descendue à la cuisine où Aroldo avait laissé pour elle un bol de *pelau* – un délicieux plat créole traditionnel – dans le réfrigérateur, accompagné d'un mot lui expliquant comment le réchauffer, et l'invitant à prendre tout ce dont elle pourrait avoir besoin dans la cuisine.

Esme avait trouvé tout ce qu'il fallait pour assouvir sa faim. Mais elle éprouvait toujours le même manque, se sentait toujours aussi vide.

Il ne s'agissait pas seulement de Julius, même s'il jouait un rôle important dans cette sensation de manque. Elle s'était interrogée sur la rapidité avec laquelle elle avait accepté de revenir sur sa décision et sur ses projets. Il avait suffi d'un « S'il vous plaît », dit par l'homme qui lui avait brisé le cœur.

— Bonjour.

Elle pinça les lèvres, ignorant la réaction de son cœur au son de la voix de Julius. C'était la deuxième fois en moins de vingt-quatre heures qu'il la prenait au dépourvu. D'autre part, elle aurait dû se rappeler que sa chambre donnait elle aussi sur la terrasse.

— Bonjour, Altesse.

— Appelez-moi Julius, s'il vous plaît.

— Ce n'est pas en disant « s'il vous plaît » que vous obtiendrez tout ce que vous voulez.

Quand elle se décida à lever les yeux vers lui, sa poitrine se serra. Le soleil projetait des reflets dorés sur les cheveux châtains, rehaussant la noblesse du beau visage viril.

— Je vous ai appelé *Altesse*, ou *monsieur*, pendant un an. Ce n'est pas facile de changer ses habitudes.

— C'est étrange, commença-t-il en contemplant la mer, mais lorsque vous m'appelez ainsi, je me sens... distant. Las.

Surprise par ces paroles, Esme le regarda franchement. Il portait une chemise blanche déboutonnée à l'encolure et en avait roulé les manches sur ses avant-bras, un pantalon bleu marine et... Elle cligna des yeux. Il avait les pieds nus. Le Prince héritier de Rodina était pieds nus. Lui qui n'allait quasiment nulle part sans cravate et se serait encore moins aventuré où que ce soit *pieds nus* !

Sauf ce soir-là, à Paris.

Elle repoussa cette pensée.

— Vous portiez un grand poids sur les épaules.

— Ah oui ?

— Vous siégiez dans de nombreuses commissions. Vous étiez également impliqué dans certaines opérations militaires et vous consacriez du temps à la cause qui vous tenait à cœur, l'éducation.

— Sachant combien peu d'estime vous semblez avoir pour moi en tant qu'homme, je suis surpris de percevoir du respect dans votre voix.

Esme haussa les épaules.

— Les grands leaders ont parfois une double personnalité.

Silence. Elle se força à se concentrer sur l'eau transparente de la piscine, sur la mer qui s'étendait au-delà.

— Expliquez-moi pourquoi vous avez été aussi blessée lorsque je vous ai fait muter. *S'il vous plaît*, ajouta-t-il avec l'ombre d'un sourire quand elle haussa les sourcils.

Impossible de lui dire qu'elle était tombée amoureuse de lui, du prince, et avait couché avec lui. Mais, en réfléchissant à la question de Julius, Esme considéra sa propre réaction sous un autre angle.

— J'étais blessée, et embarrassée, reconnut-elle.

Elle s'éclaircit la voix avant de poursuivre.

— Mon père est le chef de la sécurité du Palais. Il ne vit que pour son travail. Depuis toujours. J'avais envisagé d'aller faire des études supérieures aux États-Unis. Je pensais m'inscrire en droit, ou en science politique. Il m'a suggéré d'entrer à l'École de police.

Vingt années de souffrance remontèrent d'un coup, lui enserrant le cœur comme un étau.

— C'était la première fois qu'il s'intéressait à moi, à mes études. Alors je suis entrée à l'École de police. J'ai fait le cursus en six mois, ai enchaîné avec trois mois de formation spécialisée comme me le recommandait le commandant. Ensuite, j'ai été affectée à la sécurité générale du Palais où je suis restée six mois, avant de rejoindre votre équipe de sécurité personnelle l'année suivante.

— Votre père devait être fier de vous.

— Autant qu'il en était capable, répliqua Esme d'un ton faussement détaché.

Elle se sentit devenir écarlate.

— Lorsque j'ai intégré l'équipe de protection rapprochée du prince, j'ai eu droit à un « Bravo », pour la première fois de ma vie.

— Je vous ai pris tout cela.

Une main chaude se posa sur la sienne. Esme tressaillit, tourna la tête vers lui et fut frappée par la compréhension qui se lisait sur ses traits. Ce visage était si familier et en même temps si différent de celui de l'autre Julius. Jamais elle n'avait vu une telle compassion dans les yeux bruns du prince, un tel regret. Cette vision lui causa un choc auquel elle n'était pas préparée.

— Oui, acquiesça-t-elle en dégageant sa main. Je ne m'y attendais pas.

— Je suis désolé.

— Comment pouvez-vous être désolée pour une chose dont vous ne vous souvenez même pas ? demanda-t-elle en souriant tristement.

Il contempla de nouveau la mer, un petit pli creusa son front.

— Je m'en souviens. En partie, du moins.

— Ah ? fit Esme, soudain paniquée.

— Je me souviens de votre visage. Vous étiez dévastée.

Après léger silence, il tourna les yeux vers elle.

— Et j'en étais la cause. La cause du chagrin qui se lisait dans vos yeux.

Elle aurait dû tout lui dire. Mais pas maintenant. Pas encore. Il était trop tôt.

— Vous aviez parfaitement le droit de me faire muter dans un autre service.

— Pas si cela vous faisait souffrir, Esmerelda.

— J'apprécie vos excuses. Mais ne vous inquiétez pas, je m'en remettrai.

— Je n'en doute pas, vous n'êtes pas du genre à vous laisser abattre, dit-il en se penchant en avant. Mais dites-moi, cela vous arrive souvent de faire ce dur chemin seule ?

Sa voix coula en elle, s'infiltra en elle, dans sa chair.

Le téléphone d'Esme émit un bip. Elle le sortit de la poche du peignoir et poussa un juron étouffé en lisant le SMS.

— Une mauvaise nouvelle ?

— J'ai contacté une amie de Scotland Yard par mail pour lui demander de se renseigner sur d'éventuelles agressions qui auraient eu lieu à proximité de votre hôtel.

Elle soupira.

— Aucune agression n'a été signalée.

— D'après le médecin, j'ai été frappé avec un objet contondant.

— Quand avez-vous vu un médecin ? demanda-t-elle en fronçant les sourcils.

— Hier soir. J'ai fait venir un médecin qui travaille dans une station touristique de Saint-Georges.

Il se posa la main sur la nuque et tâta la bosse.

— Pas de séquelles indiquant une éventuelle commotion cérébrale, mais j'ai néanmoins rendez-vous cet après-midi pour un scanner.

— Et l'amnésie ?

— Temporaire, avec un peu de chance.

Un soupir franchit ses lèvres.

— Sans doute dissociative, et donc rétrograde.

— C'est-à-dire ?

— J'ai vu quelque chose de terrifiant et me suis dissocié de l'événement en oubliant toute ma vie antérieure, lâcha-t-il d'un trait, la mine sombre.

— Vous êtes furieux contre vous-même.

— Terriblement.

— Parce que vous vous sentez faible, vulnérable.

— Ne le suis-je pas ? riposta-t-il d'un ton brutal. Apparemment, j'ai vu quelque chose d'effrayant et au lieu d'y faire face, je me suis retranché dans l'oubli. C'est minable. Pitoyable.

— Ce n'est ni minable ni pitoyable, Julius.

L'utilisation de son prénom eut l'effet escompté. Il se détendit de façon visible, son front se lissa tandis qu'il soupirait de nouveau.

— Peut-être, mais c'est néanmoins déconcertant de penser que j'aie pu fuir le danger. Et encore plus d'apprendre que j'ai rudoyé une employée.

Il éclata d'un rire bref et dur.

— Je tremble à la pensée de ce que j'ai pu être et faire. Et je me demande quel type de leader je comptais devenir.

— Julius...

— Non, taisez-vous.

Brusquement, il eut l'air très las. Les ombres soulignant ses yeux parurent plus prononcées.

— J'ai besoin de marcher.

Il se leva et s'avança sur la terrasse.

Esme resserra les pans du peignoir sur son buste. Elle devait parler avec le médecin qui l'avait examiné, lui demander s'il pensait qu'en disant la vérité à Julius, elle hâterait le processus de guérison ou au contraire le retarderait. Garder le secret sur ce qu'ils avaient partagé lui paraissait de plus en plus égoïste. Il l'avait blessée, certes, mais il ne l'avait pas renvoyée complètement. Et il l'avait prévenue à Paris que leur aventure serait sans lendemain.

C'était elle qui était tombée amoureuse de lui. Qui avait pensé que leur histoire durerait peut-être au-delà d'une nuit. Elle avait su qu'il devrait se marier un jour. Qu'il était destiné à une autre.

— Esmerelda ?

Elle battit des cils et revint au présent.

— Excusez-moi. Vous disiez ?

— Je vous demandais si vous aimeriez vous joindre à moi.

— Oh. Je ne voudrais pas vous...

— Je préférerais avoir de la compagnie autre que la mienne, dit-il avec un petit sourire sardonique.

— Je comprends, monsieur.

— Julius.

Esme hésita. Accepter ce serait se soumettre. Capituler.

Une foule de pensées contradictoires tourbillonna dans son esprit mais, quand elle les chassa, elle découvrit que la réponse était simple.

— Merci... Julius.

Une lueur de triomphe traversa les yeux bruns. Il revint vers elle et lui prit la main pour l'aider à se lever. Son cœur s'arrêta de battre, puis s'emballa. Ses pieds s'avancèrent d'eux-mêmes tandis qu'il l'entraînait doucement mais fermement vers les marches.

Quelques minutes plus tard, ils arrivèrent à la plage, toujours main dans la main. Chaque fois qu'elle essayait de se dégager, il resserrait les doigts autour des siens. Et le pire, c'était qu'Esme ne voulait pas qu'il lui lâche la main. Pour la première fois de sa vie, elle se sentait jeune, chérie, protégée.

— Oh…, murmura-t-elle en apercevant un peu plus loin une balançoire suspendue entre deux palmiers.

— Vous aimez faire de la balançoire ?

— Je n'en sais rien.

— Comment cela ? répliqua Julius en tournant la tête vers elle.

— Je n'ai jamais eu de portique, ni « joué dehors », avoua-t-elle. J'avais de beaux jouets, toutes sortes de jeux pour m'occuper à la maison. Mais ni balançoire ni toboggan. Ma mère n'aimait pas se salir les mains. Mon père travaillait trop pour se soucier de ce genre de futilités.

— Vous appelez cela des *futilités* ? s'exclama Julius avec incrédulité.

— Je n'étais pas désirée. Ma mère et mon père sortaient ensemble. Je suis arrivée. Ils ne se sont jamais mariés. Ils ont vécu ensemble pendant des années, bien que ma mère soit retournée régulièrement en Écosse et en Angleterre où elle restait parfois longtemps. Mon père ne s'intéressait pas aux enfants. Ma mère aimait sortir, s'amuser. S'occuper d'un enfant en bas âge l'en empêchait.

— Où vit-elle, à présent ?

— Aux États-Unis. J'avais treize ans lorsqu'elle a rencontré un chirurgien, le coup de foudre, a-t-elle dit. Et maintenant, elle passe son temps au bord d'une piscine.

— Et cela n'a pas dérangé votre père ?

— Il a haussé les épaules et dit qu'il espérait qu'elle était heureuse. Il ne se préoccupe guère que de son travail.

Un long silence s'ensuivit, troublé seulement par le bruit du flux et du reflux des vagues sur le sable blanc.

— Je ne suis plus sûr de grand-chose, finit par dire Julius, mais je suis certain que je n'aimerais pas vos parents.

Esme retint la réplique qui lui montait aux lèvres. Elle avait défendu ses parents bien trop longtemps, leur trouvant mille excuses, voulant croire qu'ils se souciaient d'elle plus qu'ils ne le montraient.

— Ce ne sont pas des gens aimables, mais je les aime, comme de nombreux enfants aiment ceux qui s'occupent d'eux. Parce qu'ils ne connaissent rien d'autre et n'ont pas d'éléments de comparaison.

Nouveau silence, jusqu'à ce que Julius demande soudain :

— Quel genre de relation entretenons-nous, mon père et moi ?

— En public, je dirais… amicale et solidaire. Vous avez beaucoup de respect l'un pour l'autre, vous êtes d'accord sur diverses questions d'ordre politique et législatif. En privé, Sa Majesté vous aime énormément, et cet amour, cette affection, est réciproque. La pression que vous subissez provient essentiellement de vous-même.

Elle hésita un instant avant de poursuivre.

— Je ne sais pas pourquoi, dit-elle en se tournant vers lui. Nous n'étions pas assez proches pour que vous vous livriez à des confidences de cet ordre. Mais une chose est certaine : votre père croit en vous. Il sait que vous serez un bon chef d'État.

Après l'avoir dévisagée un long moment en silence, il prit son autre main et serra les deux entre les siennes.

— Merci.

Puis il tourna les yeux vers la balançoire.

— Vous devriez l'essayer.

— J'ai passé l'âge ! s'exclama-t-elle en riant. J'ai vingt-six ans, pas…

La phrase resta en suspens. Julius se rapprocha d'elle, serrant toujours ses deux mains entre les siennes. Esme eut du mal à respirer. Elle redressa le menton pour le regarder.

— Vous vouliez réfléchir à ce que vous aimeriez faire de votre vie, n'est-ce pas ? Eh bien, voilà un premier test : Esmerelda Clark aime-t-elle faire de la balançoire ? Essayez et vous le saurez.

Présenté ainsi, cela paraissait très simple. Elle recula, la chaleur de ses mains lui manqua aussitôt. Puis elle se détourna et s'assit sur la balançoire. Le soleil avait chauffé la planchette en bois. La corde était rêche sous ses doigts. Elle enfonça les orteils dans le sable et, au moment où elle allait s'élancer, sentit une petite secousse. Surprise, elle leva les yeux et vit les mains de Julius agrippées aux cordes.

— Accrochez-vous, chuchota-t-il.

Sur ces mots, il recula puis lâcha. Un instant plus tard, elle volait dans les airs, entre le bleu du ciel et le bleu de la mer. La sensation était extraordinaire. Esme renversa la tête en arrière et éclata de rire.

Cela ne dura pas bien longtemps, Julius dut la pousser pendant une minute ou deux seulement, mais ce fut un moment de bonheur absolu, hors du temps. Plus rien n'existait que le plaisir de l'instant.

Elle tourna la tête en souriant et faillit tomber de la planchette lorsqu'il immobilisa soudain la balançoire.

— Qu'est-ce que...

Les mains toujours refermées sur les cordes, il l'enveloppait.

— Vous m'avez déjà souri ainsi.

Sa gorge se noua.

— Pardon ?

— Vous m'avez déjà souri ainsi, répéta-t-il.

Il regarda au loin, cherchant à saisir l'image, le souvenir.

— À... Paris. Nous étions à Paris. Il y avait un café et des fleurs. Je vous ai dit quelque chose, vous avez ri, puis vous m'avez souri. Comme vous venez de le faire.

— D'accord.

Au moment où elle allait descendre de la balançoire, il

apparut soudain devant elle, l'obligeant à se rasseoir. Elle ne voulait surtout pas le toucher. Surtout maintenant.

— Les gens rient ensemble et se sourient, vous savez ? Cela arrive tous les jours, même entre un prince et ses gardes du corps.

— C'était différent, insista-t-il en se penchant vers elle.

Les effluves de cèdre lui caressèrent les narines.

— Je l'ai vu dans votre regard. Vous éprouviez quelque chose pour moi. Dites-moi la vérité, Esmerelda.

Elle saisit les cordes et s'y agrippa. Impossible de mentir. Elle avait déjà suffisamment travesti la vérité, affirmé qu'ils n'avaient pas été amants. Mais que lui dire ? Que dire à ce Julius plus doux, plus protecteur que l'ancien, mais qui n'en demeurait pas moins un prince autoritaire et puissant ?

Un homme qui avait subi un traumatisme et à qui elle n'était pas sûre de résister s'il la prenait dans ses bras. Avant de le voir rentrer à Rodina et reprendre son rôle. Épouser une autre femme, fonder une famille.

Ou, pire encore... Le voir se souvenir brusquement de tout et la regarder à nouveau comme une femme dont il s'était rapproché le temps d'une nuit. Une passade, voire une erreur passagère.

— Je ne pense pas que l'on puisse se fier à vos souvenirs après ce qui vous est arrivé, monsieur.

Ces paroles, le ton poli et formel, eurent le résultat qu'elle espérait. Julius lâcha les cordes et recula. Esme bondit de la balançoire et remonta rapidement la plage en direction du sentier, pressée de mettre de la distance entre eux.

— Esmerelda !

Elle se força à s'arrêter, à se retourner et à le regarder. Il se tenait sur la plage, droit et solide ; le vent soulevait ses cheveux. Même à cette distance, elle percevait sa confusion et sa colère.

— Je découvrirai la vérité ! cria-t-il. Je vous le promets !

7

Julius se réveilla avec un souvenir de musique funèbre et la vision du visage d'une femme, maquillé et figé dans la mort.

Le cœur battant à tout rompre, il descendit du lit et s'avança vers la baie vitrée donnant sur la mer. Il se revint vingt ans plus tôt, terrassé par le chagrin, tandis que le cercueil descendait lentement dans la terre.

Il s'appuya le front contre la vitre. La fraîcheur du verre lui fit du bien.

Elizabeth. Le prénom de sa mère lui revint, tel un murmure ravivant des souvenirs de baisers doux et rassurants, d'une voix teintée d'un accent britannique, d'un parfum de violette. Chaque réminiscence, un baiser sur le front après une chute, lui assis avec elle sur un sofa et regardant un film en noir et blanc, était à la fois un don du ciel et un coup de poignard dans le cœur.

L'un après l'autre, les souvenirs s'estompèrent, le laissant en proie à une sensation de manque et de perte abyssale.

Il inspira profondément, recommença. Lentement, il accepta son chagrin, les souvenirs retrouvés. Demain, peut-être, ou le surlendemain, il y reviendrait. Mais dans l'immédiat la blessure, la sensation de perte étaient encore trop vives. Il faudrait d'autre part qu'il se concentre sur cet autre souvenir qui avait accompagné ceux-là. Un souvenir plus trouble, mais qui semblait expliquer pourquoi il s'était coupé des autres et était devenu l'homme dur et froid qu'il avait vu sur les photos et entendu évoquer par Esmerelda. Le portrait restait incomplet, il manquait encore beaucoup d'éléments. Mais Julius entrevoyait maintenant le processus qui l'avait conduit à devenir un prince distant et insensible.

Comme de nombreuses autres personnes ayant cruellement souffert, il s'était renfermé sur lui-même. Enfoui dans un trou. Retranché dans l'insensibilité.

Si le médecin disait vrai à propos de ce qui lui était arrivé à Londres, il avait fui devant quelque chose. Or Julius voulait absolument se rappeler ce qui s'était passé ce jour-là. De la même façon qu'il voulait se rappeler ce qui avait bien pu se passer entre lui et Esmerelda pour qu'il en vienne à la blesser au point de l'amener à quitter son pays.

Il soupira. Était-ce le sort qui l'attendait dans les semaines, voire les mois à venir ? Allait-il chercher à retrouver ses souvenirs et en même temps devoir rester sur le qui-vive, de crainte de les voir resurgir à l'improviste, le mettant à la merci d'émotions susceptibles de l'anéantir ?

Esmerelda avait affirmé qu'il se trompait sur le sens à donner au souvenir de ce moment partagé à Paris, ainsi que sur la signification de son rire et de son sourire, qu'il imaginait des choses. Il ne la croyait pas. Elle ne lui disait pas tout, il en était certain. D'un autre côté, il lui faisait entièrement confiance et sa simple présence l'apaisait. Quant à la force qui le poussait vers elle, le désir qui vibrait entre eux, Julius savait qu'il avait ses racines dans le passé qui lui restait obscur.

Depuis leur brève balade sur la plage et l'épisode de la balançoire, deux jours plus tôt, ils n'avaient échangé que quelques mots. Quand il s'était rendu à l'hôpital, elle s'était installée à l'avant, à côté du chauffeur, puis était restée assise dans un coin pendant le scanner. Rien d'inquiétant n'avait été constaté. Le médecin avait réitéré ses conseils.

« Reposez-vous. Détendez-vous. Et vos souvenirs reviendront. Faites-moi confiance. »

Une fois de retour à la villa, Esmerelda avait disparu. Plus tard, Aroldo lui avait dit qu'elle avait dîné dans sa chambre puis était allée faire le tour de la propriété. Comme la veille au soir. Julius l'avait aperçue dans les jardins, mais quand il était sorti elle semblait s'être volatilisée.

Elle faisait son boulot, certes, mais elle n'avait pas à l'ignorer pour autant.

Agacé par l'attitude d'Esmerelda, et par ses propres réactions, il décida de lui parler ce soir, quitte à lui porter son dîner lui-même...

— Bonjour.

Il tourna les yeux et la vit apparaître sur la terrasse, son épaisse chevelure bouclée retenue en queue-de-cheval.

— Bonjour.

Tiens, il avait droit à un sourire... Lequel ne diminuait en rien la méfiance qui se lisait dans son regard. On aurait dit qu'elle craignait qu'il se jette sur elle.

— J'allais..., commença-t-elle. Voudriez-vous... ?

— Vous êtes plus éloquente, d'habitude.

L'adorable roseur couvrit sa gorge, son cou...

— Je vais faire une sortie en bateau, reprit-elle. Voulez-vous venir avec moi ?

— Il y a deux jours, vous supportiez à peine ma vue, fit-il en inclinant la tête de côté. Et maintenant, vous me proposez une sortie en mer ?

— Je vais faire un tour en bateau et je vous invite à m'accompagner. Libre à vous d'accepter ou de refuser.

Sur ces mots, elle se dirigea vers les marches, la tête haute. Décidément, elle avait du tempérament. Et elle lui plaisait de plus en plus.

— Je vous rejoins dans cinq minutes.

Elle le regarda par-dessus son épaule, hocha la tête, puis continua son chemin.

Pourquoi lui proposait-elle de l'accompagner ? Mystère. Mais puisque, après l'avoir tenu à distance pendant plus de quarante-huit heures, elle lui offrait l'occasion de la connaître un peu mieux, il aurait été stupide de ne pas en profiter.

Quatre minutes plus tard, Julius s'avança sur le ponton auquel était amarré un hors-bord racé.

Installée au volant, Esme leva les yeux vers lui, le regard dissimulé par de grandes lunettes de soleil.

— Où allons-nous ?

— En haute mer.

— Gardez-vous toujours les détails importants pour vous ? lança-t-il en montant à bord.

Il s'assit sur le siège en cuir protégé par un auvent.

— Je me concentre sur l'essentiel, monsieur.

— Julius.

— C'est le protocole. Je suis ici en tant que garde du corps.

— Pas seulement.

Étant assis derrière elle, il remarqua la tension des épaules sous le T-shirt blanc et la crispation des doigts fins autour du volant.

— Pourrions-nous laisser le passé derrière nous et profiter de l'instant présent ? demanda-t-elle en tournant la tête vers lui.

Julius acquiesça d'un hochement de tête et vit ses épaules se détendre.

En vérité, elle pilotait le hors-bord avec une assurance

tranquille qu'il admira. Julius aurait préféré piloter lui-même, certes, mais il savait qu'il pouvait lui faire confiance.

Ce qui ne laissait pas de le surprendre, parce qu'il sentait confusément qu'il n'était pas le genre d'homme à céder le contrôle et à s'en remettre à autrui. D'après le peu de souvenirs qu'il avait retrouvés jusqu'à présent, et les détails glanés auprès d'Esmerelda, de Burak et sur Internet, il était manifestement un individu organisé et strict, pour ne pas dire rigide, et toujours maître de lui-même.

Or il s'en remettait à une femme qu'il connaissait à peine. Était-ce lié au fait qu'il n'avait pas d'histoire et par conséquent n'avait plus rien pour étayer cette rigidité ? Ou cet abandon venait-il de cette femme qui n'avait jamais eu le loisir de faire de la balançoire enfant, et dont le rire et le sourire avaient non seulement stimulé sa libido mais ému son cœur ?

C'était probablement un mélange des deux, songea Julius en chaussant ses propres lunettes de soleil.

Esme jeta un coup d'œil dans le pare-brise qui la protégeait plus ou moins des embruns. Julius était assis sur la petite banquette, les bras appuyés nonchalamment sur le dossier, ses longues jambes allongées devant lui. Le vent soulevait ses cheveux châtains. Des lunettes de soleil dissimulant maintenant son regard, elle ne savait s'il dormait ou contemplait la mer. En caleçon de bain noir et T-shirt gris, il ne ressemblait en rien au prince discipliné pour qui elle avait travaillé pendant plus d'un an et aurait très bien pu être un simple vacancier venu se détendre aux Antilles.

Au cours de l'heure qui venait de s'écouler, ils avaient à peine échangé cinq mots. Il semblait content d'être passif et de se reposer. Lorsqu'elle travaillait pour lui, il lui faisait confiance sur le plan professionnel. Mais il savait à qui il avait affaire, il avait tout un dossier sur elle.

À présent, il n'avait qu'une poignée de souvenirs et trente-cinq ans de vide, et pourtant il avait toujours confiance en elle.

Alors même qu'elle lui avait menti.

Esme repoussa cette pensée dérangeante. Car non seulement elle esquivait ses questions, mais elle lui avait encore menti ce matin même. S'étant réveillée un peu après l'aube, elle était sortie sur la terrasse et avait entendu les plaintes passant par la fenêtre ouverte de la chambre de Julius. Il faisait un cauchemar. Elle avait eu un mal fou à ne pas aller le voir, surtout quand elle l'avait entendu murmurer un mot qui lui avait fait monter les larmes aux yeux.

« Maman. »

Il rêvait de sa mère. Il n'avait que quatorze ans à la mort de la reine. Esme en avait cinq. Tout ce dont elle se souvenait, c'était d'avoir porté des vêtements noirs et de s'être tenue à côté de sa propre mère tandis que le cortège funèbre passait lentement ; les gens pleuraient et jetaient des fleurs sur le passage des véhicules.

Durant les quatre premiers mois où elle avait fait partie de l'équipe de protection de Julius, elle ne l'avait jamais entendu mentionner la défunte reine. Mais plus tard, après l'accident du défilé, et son séjour à l'hôpital, il y avait fait allusion de temps à autre. Disant par exemple, à l'occasion d'un dîner officiel à Lisbonne, que sa mère aurait trouvé tel ambassadeur amusant. Ou qu'elle aurait aimé telle peinture exposée au Louvre. Esme avait été touchée par cette marque de confiance et y avait vu une preuve de leur rapprochement.

Elle avait transformé des détails insignifiants en signes. Parce qu'elle était prête à accepter des miettes.

Le passé était le passé. Elle avait fait des choix et devait les assumer. À différents niveaux. Elle avait notamment suivi son instinct et invité Julius à l'accompagner pour le distraire du cauchemar qui l'avait manifestement ébranlé.

— Je rêve ou je vois une sorte de grand parasol qui se dresse au milieu de la mer ? demanda-t-il tout à coup.

— Non, vous ne rêvez pas, répondit-elle en souriant. Je vous présente l'île de Morpion.

L'îlot était en vérité un banc de sable blanc comportant en tout et pour tout une paillote avec un toit en feuilles de coco. Esme amarra le hors-bord à proximité puis, après un bref trajet en canot, Julius sauta à terre et tira l'embarcation sur le sable.

— C'est beau, dit-il en tournant la tête à droite puis à gauche. Mais, quand on aura arpenté cette île minuscule d'une extrémité à l'autre en moins de trente secondes, je ne vois pas trop ce que l'on pourra faire ici.

— Nager. Faire de la plongée libre. Se détendre. Il y a une glacière, dans le hors-bord.

Elle passa les paumes sur son T-shirt blanc qui la protégeait du soleil. En revanche, son choix de porter un bas de bikini lui paraissait moins judicieux. Elle se sentait nue, vulnérable, et beaucoup trop exposée au regard de Julius.

— Venez voir.

Au lieu de la lorgner comme elle l'avait craint, il examinait le tronc servant de pilier.

— Des initiales, dit Esme en s'approchant. Il y en a des centaines…

De simples lettres, des cœurs, des étoiles, quelques flèches de Cupidon…

— Cet endroit a l'air populaire, fit Julius en regardant alentour. Pas un seul bateau en vue.

— C'est la saison des ouragans.

— Donc vous avez choisi de venir ici, forcément.

Elle haussa les épaules.

— Les prix de location étaient abordables, et la Grenade étant située tout au sud de l'archipel, elle est rarement touchée. Et puis…

Un sourire espiègle aux lèvres, elle tendit les bras et tourna sur elle-même.

— Je commence à apprécier d'avoir de l'espace pour moi toute seule.

Julius s'avança et lui posa les mains sur la taille, interrompant si soudainement le mouvement qu'Esme s'accrocha à ses épaules pour ne pas perdre l'équilibre. La chaleur des grandes mains lui tenant la taille se diffusa en elle, ils étaient tout proches l'un de l'autre…

— Pourquoi m'avez-vous invité à vous accompagner ?

Elle hésita un instant avant de répondre.

— Je vous ai entendu ce matin. Vous rêviez. Ou vous vous rappeliez quelque chose.

L'espace d'un instant, il la dévisagea d'un air surpris, puis pinça les lèvres et la lâcha. Un frisson glacé la parcourut alors que le soleil dardait ses rayons sur eux.

— Une poignée de souvenirs me sont revenus.

Il s'éloigna de quelques pas et contempla la mer.

— De ma mère. Elizabeth. Je me suis souvenu de sa mort, de ses funérailles. De quelques moments de mon enfance.

Que lui dire ? Esme avait entendu le chagrin colorant sa voix ce matin. Cependant, elle pouvait essayer d'alléger un peu la tension qui avait pris possession de lui.

— Elle a été une reine remarquable, tous s'accordent à le dire. Elle a soutenu de nombreuses organisations caritatives et humanitaires. Elle s'est dévouée au peuple de Rodina.

Il soupira.

— Je veux retrouver d'autres souvenirs. *Tous* mes souvenirs.

— Je suis désolée.

Lui tournant toujours le dos, il haussa les épaules.

— D'après le médecin, chaque nouveau souvenir est un pas vers la guérison.

— Oui. Mais cela ne veut pas dire que tous les souvenirs qui vous reviendront seront agréables.

— Non, en effet ! s'exclama-t-il avec un rire étouffé.

Esme ne tenta pas de résister au désir d'aller vers lui. Comme elle l'avait fait ce matin-là à Paris. Mais cette fois, au lieu de se raidir quand elle le toucha, il se détendit.

Son cœur lui martela les côtes, presque douloureusement. Elle sentit ses défenses faiblir.

Julius acceptait son geste, il s'abandonnait à elle. C'était dangereux. Bien trop dangereux. Cela réveillait les émotions qu'elle avait enfouies au plus profond, affaiblissait sa résolution de protéger son cœur.

— Et si nous allions nager ? lança-t-elle d'un ton enjoué.

Il se retourna, sa main retomba. Julius leva la sienne et repoussa des petites mèches de son visage.

— Merci, Esmerelda.

Puis, sans lui laisser le temps de réagir, il s'éloigna et enchaîna :

— Oui, allons nager, c'est une excellente idée.

Quand ils regagnèrent le hors-bord deux heures plus tard, après avoir nagé dans les eaux transparentes autour de l'île et fait de la plongée libre – ils avaient exploré les récifs coralliens peu profonds et vu toutes sortes de poissons extraordinaires –, Esme était épuisée, de cette sorte de fatigue apportant une sensation de bien-être et de contentement. En outre, elle était soulagée de voir que Julius était lui aussi détendu et que la tristesse avait quitté son regard.

Elle sourit intérieurement et reconnut qu'elle ne l'avait pas aidé par devoir mais parce qu'elle avait désiré le faire.

Ce qui ne l'empêchait pas de remplir sa mission et de guetter le passage d'éventuels bateaux et de touristes brandissant leurs appareils photo.

Après être descendue dans la cabine pour se changer et avoir enfilé une robe bain de soleil en coton blanc, elle remonta sur le pont et appuya sur le bouton permettant de transformer l'arrière du bateau en terrasse – c'était Aroldo qui lui avait montré la manœuvre. Toujours en caleçon de bain et torse nu, Julius posa la glacière sur la surface plane qui se trouvait à côté du siège passager.

— C'est vous qui avez préparé tout cela ? demanda-t-il après avoir ouvert la glacière.

— Non, c'est Aroldo.

— Je comprends mieux, répliqua-t-il en souriant.

Il sortit un par un les récipients contenant des fraises, des morceaux de mangue, des tranches de fromage épaisses, ainsi que des crevettes, du crabe et plusieurs sauces. Suffoquée, Esme le vit soudain sortir une bouteille de champagne.

— Il est à peine midi.

— Et vous êtes en vacances.

— Non, je travaille. Donc je suis censée ne pas boire une seule goutte d'alcool.

Sans s'émouvoir, il versa le liquide pétillant dans deux verres et lui en tendit un.

— Votre patron est un type horrible.

Elle éclata de rire et prit le verre. Le champagne était excellent, avec un délicieux petit goût de pêche…

— Le prince n'aurait jamais bu d'alcool avant 17 heures.

Une ombre passa sur les traits de Julius.

— Raison de plus pour savourer ce champagne.

8

— Que faites-vous dans vos moments de loisir ?

Installée sur une serviette de bain, Esme leva les yeux vers lui.

— Ce que je fais ?

— Vous savez piloter un hors-bord, vous nagez comme un poisson. Passez-vous tout votre temps libre sur l'eau, ou dans l'eau ?

Elle but une gorgée de champagne pour dissimuler son embarras.

— En partie, finit-elle par répondre. Et je lis pas mal aussi. Enfin, durant le peu de temps libre dont je disposais lorsque je travaillais au Palais.

— Pour moi, ajouta Julius en s'asseyant sur l'une des banquettes en cuir situées à l'arrière du bateau.

— Oui, acquiesça-t-elle brièvement.

— Je constate avec étonnement que la femme avec qui je viens de passer deux heures délicieuses a complètement disparu.

Il se pencha vers elle.

— Dès que je vous pose une question personnelle, vous vous crispez.

— Je n'aime pas parler de moi.

— Pourquoi ?

Peut-être fut-ce à cause du champagne, ou du soleil, ou parce qu'elle se sentit soudain lasse de se retrancher derrière une façade, Esme n'aurait su le dire, mais elle opta pour la franchise.

— Parce que je me connais assez mal, au fond.

— Ah oui ? fit-il, l'air surpris.

— J'ai toujours fait ce que l'on attendait de moi. Ce que d'autres voulaient que je fasse.

Elle repoussa une fraise du bout de sa petite cuiller et lui fit faire le tour de l'assiette, laissant une trace rouge dans son sillage.

— À cinq ans, je portais des vêtements que je n'aimais pas pour faire plaisir à ma mère. À treize, quand elle est partie, j'ai sangloté des jours entiers, seule dans ma chambre, parce que mon père détestait les larmes.

— Et lorsque vous êtes entrée à l'École de police ?

— Je voulais que mon père soit fier de moi, répondit Esme en regardant Julius droit dans les yeux. J'espérais… tisser quelque chose entre lui et moi, un lien, n'importe quoi…

Son corps se raidit, ses pensées se brouillèrent tandis que les questions qu'elle se posait depuis des années, et qui étaient revenues en force ces dernières semaines, l'assaillaient de nouveau.

— Je me suis engagée dans une voie que je n'aurais probablement jamais choisie si je n'avais pas poursuivi un rêve chimérique, pour ne pas dire puéril.

— Comme beaucoup d'autres personnes, j'imagine.

Il ne comprenait pas, songea Esme, déçue. Elle se releva, alla poser son assiette à côté de la glacière et revint vers la terrasse puis se rassit sur la grande serviette.

— Sans doute, acquiesça-t-elle enfin en tournant les yeux vers la mer. J'aime Rodina. Je suis entrée à l'École de police en sachant – même si je ne me l'avouais peut-être pas à l'époque – qu'en réalité, c'était mon père qui avait choisi cette carrière.

Pas moi. Et je me suis dit qu'au fond, c'était une bonne idée de m'engager dans cette voie parce qu'elle me permettrait de servir mon pays.

— Vous le pensiez vraiment ?

— Je ne sais pas.

Elle serra les jambes contre son buste et appuya le menton sur ses genoux.

— J'avais beau être une bonne garde du corps, je me demandais toujours si je *désirais* faire ce métier, ou si je le faisais uniquement parce que cela me permettait enfin…

Comment traduire en mots le tumulte qui faisait rage en elle depuis des années, et qui avait redoublé lorsque la seule chose pour laquelle elle était douée, la seule chose lui ayant valu de la reconnaissance, lui avait été prise ?

Tout cela parce que, pour la première fois de sa vie, elle avait osé aller jusqu'au bout de *son* désir.

Le bateau tangua sous elle. Terriblement embarrassée et soudain intimidée, Esme garda les yeux fixés sur l'horizon, résolue à ne pas regarder Julius. Elle s'était déjà assez ridiculisée comme cela.

Quand il s'assit à côté d'elle, sa chaleur se propagea en elle à travers le fin coton de sa robe.

— Je me sentais enfin vue, chuchota-t-elle. Reconnue.

Il lui passa le bras autour des épaules. Elle se raidit, puis succomba à la tentation et s'appuya contre lui.

— Lorsque j'ai misé sur votre sens du devoir et votre loyauté, vous avez accepté presque instantanément.

— Vous avez toujours été très doué pour vous servir des qualités, ou des faiblesses, des gens lorsque vous attendiez quelque chose d'eux.

Esme l'avait dit sans malice, mais elle sentit tout le corps de Julius se crisper.

— À vous entendre, j'étais vraiment un sale type.

— Parfois, oui.

Un soupir lui échappa tandis qu'elle s'abandonnait à sa merveilleuse chaleur. Sans la moindre honte.

Rien qu'une minute. Une toute petite minute et ensuite elle se ressaisirait.

— Pourquoi avoir continué à travailler pour moi, dans ce cas ?

— Parce que ce n'était qu'un aspect de votre personnalité. Je n'approuvais pas toujours vos méthodes, mais je n'ai jamais douté de vos intentions. Vous agissiez, vous luttiez, pour le bien du peuple. Du pays.

Sa détermination avait fasciné Esme. Elle avait découvert que celui que d'autres voyaient uniquement comme un être froid et insensible était fondamentalement dévoué à son peuple. Et ce dévouement l'avait stimulée et encouragée à servir son pays, à le servir lui, Julius.

— J'ai perdu la mémoire mais je me souviens d'un adage selon lequel l'enfer serait pavé de bonnes intentions, dit-il lentement.

— Vous êtes un bon dirigeant, Julius. Comme votre père.

Il se raidit de nouveau contre elle, puis resserra le bras autour de ses épaules et l'attira contre lui.

— Comment ai-je bien pu mériter de vous avoir à mon service, Esmerelda ?

Quand elle redressa la tête et la tourna vers lui, Esme fixa sa bouche. Puis elle leva les yeux et croisa son regard flamboyant de désir.

De sa main libre, il lui effleura la joue puis la lui referma sur la nuque et rapprocha son visage du sien, jusqu'à ce que quelques millimètres à peine séparent leurs deux bouches.

Il entrouvrit les lèvres et laissa échapper un murmure qui

ressemblait à une supplication. Le désir l'embrasa tout entière. Il chuchota son prénom, puis il l'embrassa.

Avec passion. Sans retenue. Il dévorait sa bouche en conquérant. Il réclamait, prenait, exigeait, tandis qu'Esme se consumait littéralement. Pour lui.

Il la serra contre lui à l'étouffer. Elle répondit à son baiser avec la même fièvre, la même soif. La bouche soudée à la sienne, elle s'installa à califourchon sur lui et glissa les doigts dans les cheveux épais et doux en même temps qu'il posait une main sur son dos pour la maintenir solidement contre lui. L'autre main s'enfonça dans sa chevelure et lui renversa la tête en arrière. Esme creusa les reins, puis laissa échapper un gémissement frustré lorsqu'il écarta soudain les lèvres des siennes.

Le gémissement fut remplacé par un halètement quand Julius lui embrassa la mâchoire, descendit sur son cou, sa gorge, s'arrêta sur un sein...

— Julius...

La main remonta sur son dos, saisit les liens de la robe et tira dessus.

Ils avaient tort de se laisser aller. Ils commettaient une erreur monumentale.

Elle le désirait. Comme une folle. Mais ils ne pouvaient pas céder au désir, ils ne pouvaient pas faire l'amour, alors qu'il y avait tant de flou entre eux. Sans parler de ses mensonges. En outre, Julius était fiancé à une autre ou le serait bientôt.

Esme écarta les lèvres des siennes et le repoussa, elle se releva précipitamment et renoua les liens de sa robe. Puis, sans regarder Julius, elle se dirigea vers l'avant du bateau.

— Esmerelda...

Le cœur battant à tout rompre, elle se retourna.

Quand il la regardait ainsi, comme s'il lisait en elle, au plus profond de son âme, elle était émerveillée et terrifiée à la fois.

— Je suis désolé.

Elle le dévisagea en silence, interloquée.

— Nous n'aurions pas dû, enchaîna-t-il.

Un goût de bile lui monta aux lèvres. Elle avait pensé la même chose, mais l'entendre de la bouche de Julius lui fit l'effet d'un coup de poing en plein ventre. Il ne voulait pas d'elle. Il avait cédé brièvement au désir mais s'était repris à temps. Rien n'avait changé. Rien ne changeait jamais.

Si. *Elle* avait changé. Elle était devenue plus forte. Elle ne dépendait plus des autres.

Esme redressa le menton.

— Non, nous n'aurions pas dû, répéta-t-elle avec calme.

Il jura et s'avança vers elle.

— Ce n'est pas ce que je voulais dire !

— Ce n'est jamais le cas, riposta-t-elle du tac au tac.

D'un mouvement brusque, elle s'écarta de façon que le siège passager les sépare. Julius s'arrêta, étrécit les yeux.

— Écoutez-moi, bon sang...

Carrant les épaules, elle se raccrocha à sa fonction de garde du corps et scruta la mer pour s'assurer qu'il n'y avait aucun autre bateau alentour. Puis elle tourna le dos à Julius et s'installa au volant.

— Vous avez mal interprété mes paroles, dit-il en se rasseyant derrière elle.

— Non.

Un flot de jurons résonna dans son dos.

— Ça, c'est nouveau. Je ne me souviens pas d'avoir jamais entendu le prince jurer comme un charretier.

— Lorsqu'on s'adresse à quelqu'un et que ce quelqu'un refuse de nous écouter, on est en droit de jurer.

— Le jour où vous êtes arrivé, je vous ai dit que j'en avais assez de vous écouter. Tout à l'heure, j'ai perdu la tête, mais cela ne se reproduira pas.

— En disant « nous n'aurions pas dû », je voulais dire que faire l'amour à l'arrière d'un bateau, au beau milieu de la mer des Caraïbes, ce n'était pas une bonne idée. Que tant que nous n'avions pas éclairci ce qui s'est passé entre nous avant mon accident, nous aurions tort de céder à l'attirance qui nous pousse l'un vers l'autre.

L'explication était sensée. Rationnelle, même. Ce qui rendait sa propre réaction encore plus absurde. Et d'autant plus dangereuse. Elle avait cédé encore une fois, s'était laissé emporter par ses émotions. Et, si elle ne se ressaisissait pas, elle irait droit à la catastrophe.

Brusquement, Esme se sentit dépassée par tous les événements qui s'étaient enchaînés en l'espace de quelques jours.

Horrifiée, elle sentit les larmes lui picoter les yeux.

— Mieux vaut oublier ce qui s'est passé entre nous.

— Mieux pour qui, Esmerelda ? répliqua-t-il d'un ton accusateur.

— Pour nous deux.

Trente secondes plus tard, le hors-bord bondissait sur l'eau.

9

Julius regarda le soleil disparaître lentement à l'horizon et laisser place à la nuit. Des traînées roses et mauves s'attardaient dans le ciel au-dessus de la villa, lui rappelant une peinture vue autrefois dans un musée de Londres. Le souvenir était précis, à tel point qu'il aurait presque pu décrire le tableau. En revanche, il aurait été incapable de dire quand il l'avait vu.

Mais cela n'avait pas d'importance. Ce qui le préoccupait, c'était l'attitude d'Esmerelda.

Dès leur retour à la villa, elle avait disparu à l'intérieur sans lui adresser le moindre regard. Son premier réflexe avait été de la suivre, avant de se dire qu'il valait mieux garder ses distances et respecter les limites qu'elle avait posées.

Pour l'instant.

Il renversa la tête en arrière et l'appuya contre le rebord du fauteuil. C'était si étrange de regarder un vase et de savoir qu'il s'agissait probablement d'un Waterford. De remercier spontanément Aroldo en français à son retour à la villa. Certaines parts de lui-même lui venaient naturellement, obéissant à une logique si intégrée en lui qu'elle résistait au traumatisme qu'il avait subi.

Mieux vaut oublier ce qui s'est passé entre nous.

Quelque chose frémit dans son esprit, une sorte de fil ténu

qui demeurait hors de portée. Julius essaya de le saisir, de préciser l'image aux contours flous qui se dessinait, lorsque la douleur se mit à lui marteler le crâne.

Il laissa échapper un juron et se leva brusquement. Assez tergiversé. Le moment était venu d'exiger des réponses.

Sa suite comprenait une large alcôve avec un bow-window duquel on apercevait le phare et au centre duquel se trouvait un bureau. Un ordinateur portable était posé dessus.

Jusqu'à présent, il avait effectué des recherches sur lui-même, sur ses parents et sur Rodina. Mais pas sur Esmerelda.

Il entra son nom suivi de « agent de sécurité Rodina », et fronça les sourcils en voyant apparaître le premier résultat : un lien renvoyant à une vidéo intitulée « La garde du corps sauve le prince des sabots du cheval fou ».

Un frisson glacé le parcourut. Il cliqua sur le lien. La vidéo remontait à un peu plus d'un an et avait été prise lors d'un défilé qui avait traversé la capitale de Rodina. Il vit passer différents groupes, des écoliers, des lycéens et des étudiants, des militaires, des gens grimés... Soudain, il aperçut son père assis à l'arrière d'une voiture décapotée et saluant la foule. Puis il se vit lui-même, marchant derrière le véhicule et saluant lui aussi de temps à autre la foule avec une ombre de sourire aux lèvres. En vérité, sa raideur contrastait étrangement avec le sourire bienveillant et les saluts amicaux de son père.

Esmerelda et Burak, qu'il reconnut pour l'avoir vu en photo, marchaient derrière lui. Tous deux portaient des costumes noirs et des chemises blanches. Un cri résonna en off. Les battements de son cœur s'accélèrent. Esmerelda tourna vivement la tête puis s'élança vers lui. Un cheval apparut sur l'écran, se cabra, son cavalier s'accrochant désespérément aux rênes tandis qu'il commençait à glisser de la selle.

Le cœur lui martelant les côtes, Julius vit Esmerelda le

repousser une fraction de seconde avant que les sabots du cheval s'abattent sur elle, sur son dos. Elle s'effondra sur la chaussée et roula sur elle-même. Le cheval se cabra au-dessus d'elle, et cette fois les sabots l'atteignirent à la poitrine.

La caméra se concentra sur lui et Burak qui se précipitaient à ses côtés. La vidéo s'arrêta sur cette image.

Il referma le capot de l'ordinateur d'un geste brusque et se passa les mains sur le visage.

Cette vidéo lui fournissait un nouvel élément du puzzle. Il ne se souvenait de rien, mais d'instinct il comprit que tout avait changé ce jour-là. Après qu'Esmerelda se fut élancée pour lui sauver la vie au péril de la sienne.

Mais pourquoi ne lui en avait-elle pas parlé ? Et pourquoi refusait-elle de répondre à ses questions, bon sang ?

Julius sortit de sa suite et s'avança d'un pas déterminé dans le couloir. Cette comédie avait assez duré. Il voulait des réponses. Maintenant.

Esme sursauta en entendant des coups vigoureux frappés à sa porte.

— Ouvrez-moi, Esmerelda.

Elle ferma les yeux.

Assise dans son lit, appuyée contre les oreillers moelleux, elle lisait un roman de Jane Austen. Ou plus exactement elle le relisait. C'était son préféré, celui qui la réconfortait et l'aidait à prendre de la distance par rapport à ses émotions.

Dans le cas présent, le fait de s'absorber dans ce roman lui avait permis de ne plus penser au baiser brûlant échangé avec Julius. Aux sensations qui frémissaient dans son corps depuis qu'elle s'était presque laissé dénuder sur le pont d'un hors-bord au beau milieu de la mer des Caraïbes.

— La porte n'est pas fermée à clé.

La porte s'ouvrit brutalement. Julius s'avança dans la pièce, vibrant d'une énergie qui irradiait de lui comme une aura. Esme dut faire un effort terrible sur elle-même pour rester immobile.

— Quand comptiez-vous me le dire ?

Ses doigts se resserrèrent sur le livre. Son heure de vérité avait sonné.

— Julius…

Il se rapprocha du lit, s'arrêta au pied.

— Vous vous êtes mise en danger, Esmerelda.

Son cerveau cessa de fonctionner.

— De quoi parlez-vous ? demanda-t-elle en reprenant ses esprits.

— J'ai vu la vidéo.

Il se détourna et commença à arpenter la pièce.

— Vous m'avez repoussé et avez tout pris à ma place.

Le défilé. Esme retint un gémissement. Il avait fini par tomber sur la vidéo.

— Je faisais mon travail.

— En risquant votre vie ? riposta-t-il avec colère.

— Le rôle d'un agent de protection comporte en effet ce genre de risque. Sa mission consiste à servir son employeur et à le protéger, or protéger implique…

— … de parer au danger, continua Julius à sa place.

Il s'arrêta devant la fenêtre, les mains sur les hanches, le corps tendu à l'extrême. La colère d'Esme retomba. Il ne lui reprochait pas d'avoir fait son travail. Il s'agissait d'autre chose.

Reposant son livre sur la table de chevet, elle descendit du lit et s'avança vers lui. Puis, doucement, elle lui mit la main sur le dos et sentit la tension qui l'habitait diminuer aussitôt.

— Je m'en suis sortie.

Il se retourna, lui prit la main et la serra dans la sienne.

— Vous avez été atteinte en pleine poitrine.

— Sur le haut du buste, oui.

— Montrez-moi.

Après un bref moment d'hésitation, elle tira sur l'encolure de son T-shirt. Julius fixa la cicatrice en forme de demi-lune située juste en dessous de la clavicule.

Quand il l'effleura du bout des doigts, elle le laissa faire en retenant son souffle.

Il laissa retomber sa main et se remit à marcher de long en large.

— Risquez-vous toujours votre vie de manière aussi irréfléchie, mademoiselle Clark ?

La colère remonta en elle, échappant à son contrôle.

— J'ai *choisi* de prendre ce risque, riposta-t-elle avec colère. Et je vous interdis de remettre ma décision en question.

— Ah, vous avez *choisi*, rétorqua-t-il en se retournant brusquement vers elle. Alors que vous m'avez dit ce matin même que vous aviez *choisi* cette voie pour faire plaisir à votre père. Vous vous êtes *sacrifiée* pour me protéger. Pourquoi ? Par devoir ? Pour un homme qui ne se souciait apparemment que de son rôle de futur chef d'État ?

— Il ne s'agissait pas seulement d'un rôle. Vous m'avez dit souvent que vous et votre père *étiez* la Couronne. Que vous n'existiez pas sans elle. Ce n'était pas une question d'orgueil ou d'ego, c'était un fait. Vous preniez vos responsabilités et vos devoirs au sérieux, pas parce que cela vous valait de l'estime, ni pour assouvir un quelconque désir égoïste. Parce que vous saviez que vous étiez capable de le faire et de bien le faire. J'ai vu combien vous étiez fatigué, parfois. Vous sembliez prêt à renoncer, mais vous n'avez jamais baissé les bras.

— Quitte à empêcher toute possibilité de relation avec les autres. J'ai lu quantité d'articles parlant de moi, des entretiens avec des journalistes, j'ai regardé des interviews que j'ai données à la télévision. Saviez-vous que je parlais rarement de ma mère ? Je ne mentionne jamais son nom. Je me souviens d'elle, de son amour pour moi, et pourtant je ne parlais que d'élections, de projets d'urbanisme, de questions financières. Même dans cette vidéo que je viens de visionner…

Il s'interrompit un instant et inspira.

— Mon père est roi. Il sourit au peuple, salue les gens avec chaleur. J'ai l'air dur. Froid.

Le cœur d'Esme se serra. Pour cet homme déchiré entre le passé et le présent, entre le devoir qu'il avait oublié et les nouveaux aspects de sa personnalité qu'il découvrait maintenant.

— Vous pouviez l'être, oui.

— Pourquoi ?

Elle secoua la tête.

— Je ne sais pas. J'ai essayé de vous poser la question plusieurs fois, après l'accident.

— Pourquoi ne vous ai-je pas répondu, à votre avis ?

Devait-elle tout lui dire ?

Non. Lui dire la vérité maintenant aurait été égoïste. Cela la libérerait, elle. Pas lui. Il était trop vulnérable, trop prisonnier du mélange de souffrance, de colère et de crainte qui se lisait dans ses yeux. Elle ne ferait qu'exacerber la lutte qui se livrait en lui.

— Après l'accident, nous sommes devenus plus proches vous et moi. Vous êtes venu me voir à l'hôpital. Vous m'avez apporté un livre. Après cela, vous vous êtes montré plus ouvert, vous me demandiez parfois mon avis de citoyenne sur un projet de loi ou une mesure que vous envisagiez de prendre, par exemple.

— Vous avez dit que nous étions devenus amis.

— Oui, c'est vrai, répliqua-t-elle tristement. Cela a été une période très agréable de ma vie. Je m'étais fait des amis à l'École de police.

— Comme Burak ?

— Oui. Lui et quelques autres. Nous allions parfois boire un verre après le travail, discutions de toutes sortes de sujets. Mais avec vous, c'était différent. Lorsque je vous parlais, vous m'écoutiez vraiment. Vous m'avez dit…

Sentant les larmes lui monter aux yeux, elle les refoula farouchement.

— Que vous ai-je dit ? demanda-t-il d'une voix douce.

— Que grâce à moi, vous étiez un meilleur dirigeant.

Cet échange avait eu lieu deux semaines avant le voyage à Paris. Esme revécut le trouble ressenti alors, revit la lueur brûlante qui avait couvé au fond du regard de Julius. À ce moment-là, elle avait su qu'elle ne rêvait pas et que l'attirance qu'elle éprouvait pour lui était réciproque.

— Et plus tard je vous ai congédiée.

Elle ferma les yeux, au supplice. Puis elle les rouvrit et surprit le regard de Julius dardé sur elle.

Lentement, il s'avança et repoussa délicatement l'étoffe pour contempler à nouveau la cicatrice.

— Je ne vous ai jamais dit pourquoi je gardais mes distances avec tout le monde ? Pourquoi je dressais un mur entre moi et mon peuple, entre moi et tous les autres ?

— Non, répondit Esme en secouant la tête. Chaque fois que je vous ai posé la question, vous avez changé de sujet, ou vous vous êtes contenté de ne pas répondre.

Les longs doigts descendirent sur sa gorge, Julius appuya la paume juste au-dessus du sein, à l'endroit où battait son cœur. Comme pour s'assurer qu'elle était bien vivante.

— Je suis désolé.

Sans réfléchir, elle leva les mains et les referma doucement sur sa mâchoire.

— Ne vous excusez pas. C'est moi qui devrais…

— Non, je vous l'interdis.

Il lui passa les bras autour de la taille et la serra contre lui.

— Vous avez risqué votre vie pour me protéger.

— Oui, mais ce n'est pas cela. Je...

Les mots moururent sur ses lèvres tandis qu'il prenait sa bouche avec fièvre. Esme ne tenta pas de résister. Elle répondit au baiser et lui agrippa les cheveux en se pressant contre lui. Julius la souleva dans ses bras et traversa la pièce, puis il l'étendit sur le lit et s'installa au-dessus d'elle. Esme creusa les reins pour mieux s'imprégner de la délicieuse chaleur virile tandis qu'il dévorait sa bouche et appuyait les hanches contre les siennes. Elle sentit la puissante érection se presser contre son sexe et poussa un cri étouffé.

— Esmerelda, dit-il d'une voix rauque.

Il enfouit une main dans ses cheveux et glissa l'autre sous son T-shirt, remonta sur son ventre puis la referma sur son sein nu.

— Esmerelda, répéta-t-il dans un murmure extasié.

Redressant la tête, il la regarda, les yeux brûlants, avant de saisir le T-shirt. Il le remonta sur sa poitrine. La bouche ferme et chaude remplaça sa main. Il aspira le mamelon entre ses lèvres et le lécha.

— Julius !

Il reporta son attention sur l'autre sein, lui infligea la même torture exquise. Lorsque Esme tira sur sa chemise, il se redressa et s'en débarrassa en un tournemain avant de se réinstaller au-dessus d'elle.

Le torse nu était pressé contre ses seins, la chaleur irradiant du corps athlétique se propageait en elle. Esme se mit à trembler de désir. Elle prit de nouveau le beau visage entre ses mains et l'attira vers le sien.

Elle en voulait davantage. Elle voulait tout de lui.

Brusquement, il redressa la tête et la regarda, le souffle court.

— Julius...

Il roula sur le flanc et descendit du lit, puis se dirigea de nouveau vers la fenêtre et se passa la main dans les cheveux.

— J'ai perdu le contrôle. Excusez-moi.

— Non... Ne vous excusez pas. J'ai répondu au baiser. Vous...

— Je n'aurais jamais dû venir vous voir dans cet état, l'interrompit-il en se retournant vers elle. Je commence à comprendre qui je suis : un type qui se contrôle en permanence, qui garde tout en lui-même... et j'ai perdu le contrôle. Complètement.

Quand il fit un pas vers elle, Esme vit le désir étinceler dans ses yeux. Comme sur le bateau. Mais il y avait autre chose, elle l'avait perçu dans sa voix, senti dans ses caresses.

Julius retrouvait celui qu'il avait été. Le passé se mêlait au présent. Et il la désirait toujours.

Au lieu de s'arrêter à côté du lit, il continua d'avancer vers la porte.

— Attendez !

— Demain, Esmerelda. Nous parlerons demain.

L'impériosité du ton lui rappela le prince héritier. Il souffrait, peut-être était-il aussi confus qu'elle-même.

La porte se referma sur lui. Esme effleura ses lèvres gonflées du bout des doigts.

Les quelques minutes qui venaient de s'écouler avaient été éclairantes, sur bien des points. Mais cela n'avait apaisé en rien les inquiétudes et les incertitudes qui l'habitaient depuis l'instant où elle s'était retrouvée face à Julius sur la plage.

10

Julius marcha longtemps au bord de l'eau. Il avait besoin de retrouver son calme avant de regagner la villa.

Il lui suffisait de repenser au corps d'Esmerelda sous le sien, aux courbes délicieuses pressées contre lui, à la passion avec laquelle elle avait répondu à son baiser, à ses caresses, pour bander comme un fou.

Néanmoins, son désir pour elle était assorti d'un sentiment de culpabilité. Il ne se souvenait de rien, mais il avait vu la souffrance dans les yeux verts, sur les traits fins.

Esmerelda avait dit qu'ils n'avaient jamais été amants. Mais il y avait eu quelque chose entre eux. Une attirance réciproque non consommée ? Le souhait de transformer leur relation en autre chose, que lui avait refoulé à cause de ses fiançailles imminentes ?

Il étant grand temps d'en parler franchement. De savoir ce qui s'était passé entre eux et de s'excuser pour ses actes, quels qu'ils soient. Sans cela, il pouvait renoncer à tout espoir d'obtenir le pardon d'Esmerelda. Et, tant qu'elle ne lui aurait pas pardonné, ils ne pourraient pas avancer.

Glissant la main dans sa poche de pantalon, il en sortit le petit écrin noir et souleva le couvercle. Le diamant étincela au clair de lune, les pépites scintillant dans ses profondeurs.

Dès qu'il l'avait vu, il avait pensé à elle. Avait-il trouvé une solution qui leur permette d'être ensemble ? L'avait-elle souhaité de son côté ? Tout ce qu'elle avait dit tendait à indiquer qu'elle n'avait pas souhaité quitter poste. Mais qu'aurait-elle décidé si elle avait eu le choix ?

Il retraversa la plage en sens inverse et gravit bientôt les marches éclairées de chaque côté par des spots encastrés dans la pierre. Le passé se dressait entre lui et Esmerelda, leurs statuts respectifs les séparaient. Il était le prince héritier, elle sa garde du corps. Comment auraient-ils pu vivre leur désir sans s'écarter de leurs rôles respectifs ?

— Bonsoir, monsieur.

Levant les yeux, il vit Aroldo sur la terrasse.

— Bonsoir, Aroldo. Il est un peu tard pour vous, non ?

— En effet, monsieur. Je vérifie une dernière fois que tout est en ordre et je m'en vais. Je ne serai pas là demain, c'est Michael qui s'occupera de vous et de Mlle Clark.

— Vous avez prévu quelque chose pour votre jour de congé ?

— Oh ! fit Aroldo en levant les yeux au ciel. Ce ne sera pas vraiment un jour de repos. Ma fille Hanna possède une distillerie de rhum, voyez-vous, et elle organise un gala demain soir, sous la forme d'un bal masqué, pour collecter des fonds destinés à financer notre carnaval de Grenade.

— Un gala ?

— Oui, un peu plus chic que ceux auxquels nous sommes habitués ici. Mais Hanna sait ce qu'elle fait, croyez-moi. Les invités qui ne sont pas familiers de ce genre de manifestation s'amuseront. Les autres apprécieront la bonne chère, les festivités, et, avec un peu d'espoir, tous se montreront généreux.

Une idée germa dans l'esprit de Julius.

— Ce gala est-il ouvert à tous ceux qui souhaitent faire un don ?

Aroldo le dévisagea en plissant les yeux, puis une lueur complice traversa son regard.

— Mais bien sûr, monsieur, répondit-il en inclinant la tête.

Parfait. Une soirée loin de la villa, débarrassés de leurs statuts de prince et de garde du corps. Ils seraient simplement un homme et une femme. Cela ne pourrait que les aider.

— Dites-moi où envoyer l'argent et ce sera fait dans les prochaines vingt-quatre heures. Esmerelda et moi viendrons au gala, mais nous profiterons des masques pour rester incognito.

— Naturellement, monsieur, répliqua Aroldo, visiblement un peu froissé que Julius ait pu douter de sa discrétion. Personne ne saura rien, pas même mes filles.

Il baissa les yeux sur les pieds nus de Julius.

— Je peux vous procurer un costume et un masque. Je ne pense pas que Mlle Clark ait apporté une tenue de soirée.

Effectivement. Elle était venue en pensant passer ses journées sur la plage…

— À Paris, l'aube va bientôt se lever, dit-il. Je ferai venir une tenue appropriée en express, elle devrait arriver à l'aéroport demain en début d'après-midi.

— Très bien, monsieur.

Aroldo s'interrompit un bref instant.

— Si je peux me permettre une suggestion, mon autre fille, Joana, est couturière. Certaines de ses créations conviendraient tout à fait pour l'occasion et je crois qu'elles plairaient à Mlle Clark.

— Je vous fais confiance.

Un grand sourire éclaira le visage du majordome.

— Vous pouvez compter sur moi, monsieur. Je m'en occupe.

Julius le regarda s'éloigner et sourit. La première réaction d'Esmerelda serait de refuser, il en était certain. Elle alléguerait toutes sortes de raisons visant à le convaincre que c'était une mauvaise idée. Il entra dans la villa en préparant mentalement une liste d'arguments contraires et traversa le vaste hall avant d'éteindre les lumières.

Quand il passa devant la porte d'Esmerelda, il s'arrêta, se rappela le goût de sa peau, le cri qui avait franchi ses lèvres quand il avait embrassé ses seins doux et moelleux… Il leva la main pour toquer. Et la laissa retomber. S'ils reprenaient les choses là où ils les avaient laissées, ils se repaîtraient l'un de l'autre et assouviraient leur désir. Mais cela n'apaiserait en rien le manque qui le rongeait, ni ne comblerait le vide qui béait dans sa mémoire et dans son cœur.

Et cela ne lui suffirait pas d'avoir Esmerelda dans son lit.

Il voulait la vraie Esmerelda et il la voulait tout entière.

Julius se détourna et continua d'avancer dans le couloir. Il ouvrit la porte de sa chambre et entendit un petit clic derrière lui. Il jeta un coup d'œil par-dessus son épaule : le couloir était désert, la porte d'Esmerelda fermée.

Esme resserra les doigts autour de sa tasse de thé fumante, à l'affût du moindre bruit de pas.

Où était-il passé ?

Après le départ de Julius la veille au soir, elle était restée allongée sur son lit pendant un long moment avant de finir par se décider à aller le voir, résolue à tout lui dire et à lui parler non seulement de leur relation mais aussi de ses désirs.

Quand elle avait constaté qu'il n'était pas dans sa suite, elle en avait été soulagée et irritée à la fois, et avait regagné sa suite et pris un bain. Moins d'une demi-heure plus tard, elle l'avait entendu parler avec Aroldo sur la terrasse.

Elle venait d'enfiler son peignoir lorsqu'elle avait reconnu le bruit de ses pas dans le couloir. Et, quand il s'était arrêté derrière sa porte, tout son courage s'était envolé d'un coup. Elle avait désiré de toutes ses forces qu'il frappe, qu'il ouvre la porte...

Au lieu de cela, il s'était éloigné. Esme avait entrebâillé la porte, l'avait regardé s'éloigner dans le couloir, puis avait doucement refermé sa porte avant de retourner se coucher.

Mais sans parvenir à trouver le sommeil.

Elle désirait Julius. C'était aussi simple et aussi compliqué que cela. Et elle le désirait maintenant. Elle désirait l'homme complexe qui avait traversé la moitié du globe à bord d'un avion-cargo pour la retrouver. Et son désir ne reposait pas sur le besoin d'être aimée. C'était le désir d'une femme pour l'homme qu'elle avait choisi.

Tout se terminerait comme la première fois ; ils partiraient chacun de leur côté. Mais elle l'aurait décidé.

Quand elle lui aurait tout dit, aurait mis son âme à nu devant lui, Julius aurait le choix. Ou bien s'abandonner au désir une dernière fois avant de rentrer à Rodina tandis qu'elle continuerait d'avancer dans sa nouvelle vie. Ou bien s'éloigner d'elle dès maintenant.

Elle avait fini par s'endormir et s'était réveillée à 10 heures dans la villa déserte. Paniquée, elle avait exploré toutes les pièces. Le ménage avait déjà été fait. Les fleurs remplacées, les sols astiqués.

Mais Julius n'était nulle part.

Jamais un garde du corps ne dormait jusqu'à des heures indues en laissant errer Dieu sait où la personne qu'il était censé protéger.

Elle l'avait appelé et était tombée sur sa boîte vocale. Elle lui avait envoyé un SMS. Il avait répondu que le gendre d'Aroldo, qui était officier de police et avait justement pris un jour de congé, l'accompagnait en ville.

Ensuite, Esme avait dû ronger son frein jusqu'à midi. Elle

avait alors reçu un second SMS lui disant qu'il lui donnait sa journée et qu'elle devrait en profiter pour se détendre.

Elle avait fulminé mais avait bien dû se résigner à attendre son retour. Elle avait déjeuné sur la terrasse, examiné le contenu de la bibliothèque. Puis elle avait passé une heure au bord de la piscine avec un roman, s'efforçant de se détendre mais sans grand succès.

À présent, il était presque 16 heures, et Julius n'était toujours pas rentré.

Agacée, elle souffla sur sa tasse pour refroidir le thé avant de se raidir en entendant des pas traverser le hall d'entrée. Son cœur s'emballa, elle se concentra sur sa respiration, s'ordonna de se calmer...

Elle se retourna à l'instant où Julius entrait dans la cuisine.

— Bonjour.

— La prochaine fois, je dois savoir où vous allez et avec qui, répliqua-t-elle en contrôlant à grand-peine son irritation.

Immobile, les mains dans les poches, il promena lentement son regard sur le corps d'Esme.

Elle resserra les mains autour de sa tasse.

— Oui, chef.

Suffoquée, elle le regarda en fronçant les sourcils.

— Votre sécurité n'est pas une plaisanterie.

— Je n'ai pas réfléchi, dit-il en reprenant son sérieux. Excusez-moi. Je ne suis pas habitué à avoir une protection, à devoir respecter un protocole. Enfin, je n'y suis plus habitué. Mais le gendre d'Aroldo a été un excellent garde du corps et un guide parfait.

— Et il a été généreusement rétribué pour ses services, enchaîna-t-elle, pince-sans-rire.

— En effet, répliqua Julius avec un sourire éblouissant.

Maintenant. Elle devait lui parler maintenant.

— Je…

— Aimeriez-vous aller à un bal masqué ce soir, avec moi ?

Elle le dévisagea en retenant son souffle.

— Pardon ?

— Oui, vous avez bien entendu. Je vous invite à m'accompagner à un bal masqué.

— Mais… où ?

— L'une des filles d'Aroldo dirige une distillerie de rhum située à côté de la plage de la Grande Anse. Elle organise un gala dont le but est de récolter des fonds pour le carnaval de Grenade qui a lieu chaque année en août.

— Ah… Il faudrait que j'aie le plan des lieux le plus tôt possible pour évaluer…

Il se rapprocha d'elle, un petit sourire au coin des lèvres.

— Je ne vous invite pas à m'accompagner en tant que garde du corps, Esmerelda. Ce soir, vous serez ma cavalière.

— Votre… cavalière ?

La perspective de sortir avec Julius, de danser avec lui, l'effrayait plus encore que de coucher avec lui, réalisa Esme. Peut-être parce que cela impliquait des échanges, des émotions, des attentes. Était-elle prête à vivre cela ? Au risque de voir ses vieilles blessures se rouvrir et de perdre le peu d'assurance qu'elle avait commencé à acquérir ?

Il ne lui laissa pas le temps de réfléchir plus longtemps. Il s'avança dans la pièce et s'arrêta à côté de sa chaise, puis il leva la main et lui effleura la joue du bout des doigts en repoussant une boucle rebelle.

— Nous sommes en conflit depuis que nous nous sommes rencontrés. Ou plus exactement, depuis que *je* vous ai rencontrée. Nous ne nions ni l'un ni l'autre l'attirance qui existe entre nous. Et tout me porte à croire qu'elle ne date pas d'hier.

Esme ne le détrompa pas, ne détourna pas les yeux.

— Mais quelque chose s'interpose en permanence entre nous, poursuivit Julius. Le passé. Nos statuts respectifs.

Le regard brûlant, il se pencha et, doucement, glissa les doigts dans ses cheveux.

— Ce soir, nous serons simplement deux êtres humains. Un homme et une femme savourant l'instant présent.

Elle inspira profondément. Elle ne devait pas se laisser aveugler par le désir. Elle devait rester lucide.

— Et après ce soir ?

— Ce sera à vous d'en décider.

— Je crois plutôt que ce sera à *vous* d'en décider, répliqua-t-elle après une légère hésitation.

— Ah oui ? fit-il en plissant le front.

— Je désire vous parler..., vous expliquer ce qui s'est passé entre nous. Avant mon départ.

Le bel éclat doré traversa les yeux bruns.

— J'en serais très heureux.

— Nous pouvons parler maintenant...

Il se rapprocha et lui effleura les lèvres avec les siennes.

— Une soirée, Esmerelda. Une soirée rien que pour nous. Le plaisir d'être ensemble, vous et moi. Et ensuite, nous parlerons.

— D'accord, acquiesça-t-elle avant de baisser les yeux sur son T-shirt et son short. J'ai une robe bain de soleil qui devrait faire l'affaire. Aroldo pourrait peut-être m'indiquer une boutique où trouver une étole...

Julius la contemplait d'un air si sûr de lui qu'elle s'interrompit et le regarda en plissant le front.

— Qu'est-ce qu'il y a ?

— J'ai quelque chose pour vous. Venez.

Ils traversèrent le hall et s'avancèrent dans le couloir. Le cœur d'Esme battait la chamade. Cela faisait si longtemps qu'on ne lui avait pas fait de cadeau et qu'elle ne recevait que quelques cartes le jour de son anniversaire.

Arrivé devant la porte de sa chambre, il l'ouvrit et s'effaça pour la laisser entrer. Elle le regarda d'un air interrogateur puis franchit le seuil… et se retrouva au cœur d'un rêve.

Des robes superbes étaient étalées sur le lit, d'autres suspendues au lustre, une autre encore était posée sur le dos d'une chaise. Des robes extraordinaires aux teintes multicolores, en soie, en tulle…

N'en croyant pas ses yeux, Esme effleura une étoffe satinée couleur de ciel printanier et réalisa soudain qu'elle *aimait* les belles robes, alors qu'elle ne s'était jamais beaucoup intéressée aux vêtements.

— Elles sont magnifiques, murmura-t-elle.

Julius vint s'arrêter derrière elle et lui posa les mains sur les épaules.

— Mais… ?

— Vous m'imaginez vraiment dans l'une de ces robes ? s'exclama-t-elle avec un petit rire étouffé.

— Avec et sans.

Un frisson brûlant lui parcourut le dos.

— Julius…

— Ce soir, il ne s'agit pas seulement de nous, lui chuchota-t-il à l'oreille. Il s'agit de vous donner l'occasion de respirer. De vous amuser comme vous en aviez l'intention avant que j'envahisse votre plage et votre espace.

— Vous voulez dire : avant que je vous règle votre compte ?

Son souffle chaud lui caressa l'oreille.

— Petite sorcière.

San lui laisser le temps de répondre, il ôta les mains de ses épaules et s'avança vers les robes étalées sur le lit.

— J'en ai fait venir quelques-unes de Paris cet après-midi, mais les autres ont été créées et confectionnées sur cette île.

Il tendit la main vers une robe bleue et la souleva délicatement avant de se tourner vers Esme.

— Celle-ci est l'œuvre de l'autre fille d'Aroldo, Joana. Vous sentez-vous capable de dire à Aroldo que vous n'avez même pas essayé les superbes créations de sa fille ? demanda-t-il en haussant un sourcil.

— C'est une merveille..., murmura-t-elle.

Aimerait-elle porter une aussi belle robe ? Elle préférait les activités de plein air, certes, être dans l'eau ou au bord de la mer. Elle aimait marcher dans le sable, se promener sur les jardins en terrasse à la tombée du jour et sentir l'herbe sous ses pieds nus. Mais elle commençait à réaliser qu'elle ne demandait qu'à apporter une touche de fantaisie, voire de luxe, dans sa vie, goûter à d'autres plaisirs que les simples satisfactions que lui procurait son métier.

— Je vais l'essayer, dit Esme après avoir dégluti.

Elle laissa échapper un petit rire amusé.

— J'ai l'impression d'être Cendrillon s'apprêtant à aller au bal.

— Suis-je la bonne fée ?

— Je vous achèterai une baguette magique, répondit-elle en prenant la robe qu'il lui tendait. Je veux bien l'essayer, mais elle ne m'ira peut-être pas.

— Il n'y a qu'une façon de le savoir.

Il lui prit le coude et l'embrassa sur le front, avec une telle douceur qu'elle en eut la gorge nouée.

— Je vous laisse à vos essayages. Rendez-vous à 20 heures dans le grand salon.

Quand il fut parti, Esme resta immobile avec la robe bleue entre les mains.

Était-elle vraiment prête à vivre cette soirée ?

Elle était résolue à tout lui dire. Elle voulait partager ces instants avec lui. Faire l'amour une dernière fois.

Alors, oui, elle vivrait cette soirée à fond. Avec Julius.

Sans plus attendre, elle enfila précautionneusement la robe et remonta la courte fermeture Éclair qui s'arrêtait à la hauteur des reins. Hormis les bretelles qui se prolongeaient de chaque côté jusqu'à la taille, elle avait le dos entièrement exposé.

Elle se tourna vers le miroir et poussa un halètement en voyant l'inconnue qui la dévisageait en écarquillant les yeux.

Le bleu contrastait avec la teinte de ses cheveux et, contrairement à ce que lui répétait autrefois sa mère, ce contraste était flatteur.

Pour la deuxième fois de sa vie, elle se sentit belle. La première fois, ça avait été au moment où, après l'avoir étendue sur le lit, Julius avait caressé du regard son corps. Il n'avait pas prononcé un mot, mais la lueur appréciatrice éclairant les beaux yeux bruns avait été plus éloquente que toute parole.

Mais cette fois-ci, songea Esme en pivotant sur elle-même, *elle* se trouvait belle et n'avait pas besoin qu'on le lui dise ni qu'on le lui fasse sentir.

Et ça, c'était *magique*.

11

Julius entra dans le grand salon et se dirigea vers la baie vitrée donnant sur la mer. Le soleil avait déjà disparu à l'horizon, le calme et le silence régnaient dans la villa.

Les éléments de son passé se mettaient lentement en place. Les réponses arrivaient, les unes après les autres. Il prenait conscience que, tout en étant pleinement investi dans son rôle de dirigeant, il avait été seul et malheureux sur le plan personnel. Il s'était refusé tout lien amical, préférant s'immerger dans le travail. Le trépas de sa mère avait produit une sorte d'étouffement. Il s'était protégé en fuyant son chagrin et en enfouissant sa tristesse. Et en évitant le chagrin lié à son passé, il avait évité du même coup tout chagrin potentiel qui pourrait l'affecter au présent et à l'avenir.

Sans jamais penser qu'en affrontant son chagrin, il aurait pu le dépasser et s'ouvrir au bonheur. Il ne s'était autorisé aucun espoir. Cet homme qu'il avait été, au cœur endurci et au mental concentré uniquement sur son devoir, accepterait-il les changements qui s'opéraient maintenant en lui ?

Il avait blessé Esmerelda si profondément qu'elle avait quitté le pays qu'elle aimait. Elle lui avait dit qu'ils n'avaient pas été amants. Mais leur relation avait été davantage qu'une relation professionnelle. Ce soir, il saurait la vérité.

Comment cette soirée se terminerait-elle ? se demanda Julius en regardant les étoiles briller sur le ciel nocturne. Esmerelda saurait-elle lâcher prise ? Voir en lui un homme et non pas le prince héritier ? Serait-il à même d'accepter ce qu'elle allait lui révéler ?

Une autre question se posait, cruciale, et qui l'entraînait de nouveau vers l'inconnu : où tout cela les mènerait-il ?

— Je suis là.

Il tressaillit, puis se retourna et, médusé, contempla la vision qui s'offrait à lui.

Encadrée par deux piliers blancs, sa chevelure flamboyante bouclant sur ses épaules, elle était... resplendissante. La robe bleue moulait ses seins ronds, épousait sa taille fine avant de s'épanouir en une large corolle de soie qui s'ouvrit sur le côté lorsque Esmerelda s'avança, dévoilant une longue jambe galbée.

— J'en perds mes mots, murmura-t-il.

Elle lui sourit, d'un sourire radieux qui éclaira tout son visage. Jamais encore il ne lui avait vu l'air aussi heureux.

— Merci, Julius.

Le fait qu'elle l'appelle par son prénom le grisa. Il attendit qu'elle se rapproche puis lui tendit la main. Elle hésita un bref instant avant d'y glisser la sienne. Il l'attira vers lui et, quand elle entrouvrit les lèvres, il faillit céder au désir qui le consumait.

Mais il se contenta d'incliner la tête et de lui effleurer la joue du bout des lèvres. Une expression surprise et déçue passa fugitivement sur ses traits avant qu'elle se ressaisisse et lui sourie de nouveau.

— Tout le plaisir est pour moi, dit-il lentement.

Main dans la main, ils sortirent de la villa et montèrent à bord de la voiture qui les attendait.

Au sortir d'un virage, la longue bâtisse apparut soudain, tel un îlot scintillant dans la nuit. La lumière coulait à flots des larges fenêtres, des hommes et des femmes en tenue de soirée glamour ou vêtus de costumes bigarrés et hétéroclites s'avançaient sur une allée pavée, bordée de chaque côté de grands pots en terre cuite débordant de bougainvillées mauves et de fleurs d'amaryllis blanches.

Il reconnaissait ces fleurs, songea fugacement Julius tandis que la voiture se garait à côté des autres véhicules. Il chaussa son masque, un loup de satin noir, et se tourna vers Esmerelda en lui tendant la main.

— Prête ?

Elle chaussa à son tour son masque, un loup de satin bleu ciel brodé de perles, puis glissa la main dans la sienne.

— Prête, acquiesça-t-elle.

Quelques secondes plus tard, ils découvrirent une salle immense dégageant une atmosphère surréelle. Sols laqués noirs, murs clairs, rails fixés au plafond et auxquels étaient suspendus des luminaires en laiton, style « café ». La distillerie elle-même était visible derrière des vitres géantes permettant aux invités de suivre en direct la fabrication du rhum. Des serveurs en chemise blanche et pantalon en lin beige déambulaient dans le vaste espace, munis de plateaux en argent et proposant du champagne, du rhum, ainsi qu'un assortiment de cocktails. Sur les tables blanches, des coupes en porcelaine bleue étaient remplies de fleurs roses et orange. Un groupe – un groupe calypso, lui avait expliqué Aroldo – était installé sur un podium à l'extrémité de la salle. Des joueurs de banjo, des guitaristes et des percussionnistes accompagnaient la voix profonde et mélodieuse du chanteur.

— C'est le neveu d'Aroldo, dit-il à l'oreille d'Esmerelda en l'entraînant vers l'une des tables. Son groupe participera au carnaval de Grenade.

Esmerelda parcourut la foule du regard. Il comprit aussitôt à quoi elle pensait.

— Il y a beaucoup de gens, dit-elle en plissant légèrement le front.

Julius désigna du menton un homme posté à proximité de la porte.

— Aroldo a engagé plusieurs gardes privés pour la soirée.

— Je suis si transparente que cela ? répliqua-t-elle avec un petit sourire réticent.

— Oui.

Il se pencha, incapable de résister au désir de goûter ses lèvres.

— Détendez-vous, dit-il en se redressant. Amusez-vous, vous l'avez bien mérité.

Une grande femme mince aux yeux aussi bleus que ceux d'Aroldo circulait entre les tables et proposait aux invités de visiter la distillerie.

— Vous voulez y aller ? demanda Esmerelda.

Elle tourna les yeux vers les vitres, l'air inquiète.

— Non. Mais vous, vous devriez y aller. Vous êtes ici à titre d'invitée, pas de garde du corps.

— Je ne peux pas.

— Je ne vois pas ce qui vous en empêche.

La femme aux yeux bleus s'approcha de leur table. Ses épais cheveux noirs étaient nattés et enroulés savamment sur le dessus de sa tête, les teintes vives de sa robe faisant ressortir sa peau couleur caramel.

— Je suis Hanna, dit-elle en souriant, la propriétaire de la distillerie. Vous devez être les mystérieux invités de mon père.

— Peut-être, répondit Julius avec un léger sourire.

— Soyez les bienvenus. Je vous remercie de soutenir notre île.

Hanna baissa les yeux sur la robe d'Esmerelda.

— Je reconnaîtrais le travail de ma sœur n'importe où.

— Bravo, dit Esmerelda en riant. Elle pourrait les vendre dans le monde entier, si elle le souhaitait.

— J'espère qu'un jour elle aura suffisamment confiance en son talent pour élargir son horizon et proposer ses créations ailleurs que sur notre île.

D'un geste de la main, elle désigna un petit groupe rassemblé à côté de la porte permettant d'accéder à la distillerie.

— Voulez-vous vous joindre à nous ?

— Elle en serait ravie, répondit Julius avant qu'Esmerelda puisse décliner l'invitation.

Il perçut son irritation, il la vit lancer des regards furtifs alentour. Mais elle se leva néanmoins et suivit Hanna.

Durant son absence, il repensa à ce qu'il avait lu sur lui-même, aux articles de presse, aux posts trouvés sur les réseaux sociaux, sur les blogs. Aux photos du prince héritier.

Tout se résumait en trois mots.

Devoir. Obligations. Allégeance.

Un poids énorme reposait sur lui. Alors que ce qu'il éprouvait pour Esmerelda lui apportait un sentiment de légèreté et de bien-être.

Avant même que ses souvenirs commencent à lui revenir, avant que son moi d'aujourd'hui commence à se réconcilier avec le moi d'avant l'accident, elle avait été son seul point de repère.

Et maintenant... il était conscient du conflit entre la force du lien qui les unissait et la souveraineté de son statut de prince. Avait-il été en proie à ce même combat avant ? Avait-il fui lâchement ou simplement renoncé ? À moins que son moi d'alors ait découvert une chose capitale qui lui échappait encore.

Combien de temps resta-t-il absorbé dans ses réflexions, il n'aurait su le dire. Le parfum fleuri d'Esmerelda le fit soudain tressaillir tandis qu'elle enlaçait ses doigts aux siens. Il baissa les yeux sur leurs mains jointes et sentit s'estomper la tension qui l'habitait.

Elle se pencha vers lui, les effluves doux et sensuels l'enveloppèrent. De l'orchidée, peut-être, ou une autre fleur exotique, auxquelles se mêlaient une note vanillée et une pointe de vanille et d'ébène.

— J'aimerais danser avec vous, Esmerelda.

Ses yeux s'écarquillèrent derrière le loup.

— Je ne peux pas, dit-elle à nouveau.

— Vous ne pouvez pas, ou vous ne voulez pas ?

La rougeur révélatrice se répandit sur sa gorge, son cou.

— Et si quelqu'un vous reconnaissait ?

— Pas d'excuses ni de prétextes, trancha-t-il en se levant.

Il se pencha et lui murmura à l'oreille :

— Allez... Vous mourez d'envie de danser avec moi...

Il savoura le petit halètement qui franchit ses lèvres.

— Très bien.

Lui prenant le bras, il l'entraîna sur la piste et posa sa main libre sur le dos nu. La musique s'insinua en lui. Il attira Esmerelda contre lui, appuya la joue contre les boucles soyeuses et savoura la sensation de l'avoir dans ses bras.

Ils évoluèrent parmi les autres couples. Le monde extérieur disparut. Ils étaient seuls tous les deux.

— Esmerelda...

Elle se détendit contre lui. Cette marque de confiance l'émut profondément.

— Oui ? demanda-t-elle, la voix rauque.

Julius ne put résister au désir de lui caresser le dos et sentit soudain le relief d'une cicatrice sous ses doigts. La veille au soir, quand il lui avait parlé de la vidéo, il avait oublié que les sabots du cheval s'étaient d'abord abattus sur le dos d'Esmerelda. Sa gorge se noua. Il voulut lui dire quelque chose, pour la remercier, ou pour la réprimander… Mais les mots moururent sur ses lèvres quand il entendit le hennissement effrayé du cheval résonner dans sa tête, les cris. Il tressaillit violemment et sentit la morsure de la peur.

Il revit la scène avec une précision extraordinaire. Le visage d'Esmerelda déformé par la douleur, les yeux verts scrutant son visage tandis qu'il s'agenouillait à côté d'elle. L'imperceptible soupir de soulagement avant que ses yeux se révulsent et que sa tête roule sur le côté. Il se rappela le trajet en ambulance jusqu'à l'hôpital, après qu'il eut insisté pour monter à l'arrière et rester auprès d'elle. Il se revit faire les cent pas dans la salle d'attente durant des heures, avant d'être enfin autorisé à entrer dans sa chambre.

Quand il avait aperçu son visage d'une pâleur extrême sous les taches de rousseur, son effort pour le saluer, quelque chose s'était réveillé en lui, une pulsion vitale qui, après avoir été entravée par lui-même pendant des années, se libérait enfin de ses chaînes.

Un autre souvenir resurgit brusquement.

Il soulève les boucles aux reflets cuivrés et sent sa gorge se serrer à la vue de la cicatrice en forme de demi-lune. Pour la première fois depuis des années, il succombe à ses émotions et dépose un doux baiser sur la cicatrice.

Julius eut un mouvement de recul.

— Julius ? Que se passe-t-il ?

Ils avaient fait l'amour. Or Esmerelda avait affirmé en le regardant dans les yeux qu'ils n'avaient jamais été amants.

La chaleur déserta son corps, un frisson lui glaça le sang.

— Tu m'as menti.

La musique s'arrêta. Une détonation puissante retentit du côté de la plage, suivie aussitôt d'une explosion de rouges, de verts et d'étincelles dorées visibles au travers des vitres et des panneaux de verre incorporés au plafond. Des exclamations excitées et ravies montèrent de toutes parts. Les invités se précipitèrent vers les portes donnant sur une vaste terrasse de pierre surplombant la mer. Les employés de la distillerie avaient cessé de travailler depuis un moment et s'étaient mêlés aux invités.

Il n'y avait plus qu'eux deux, immobiles au milieu de la piste.

Esme s'efforça de contrôler sa respiration, leva les yeux et frémit en voyant la douleur brute qui se lisait dans les siens.

— Julius...

— Pas ici.

Il se détourna et traversa la salle. Elle le suivit, la tête haute. Elle avait des torts, certes, mais elle ne se laisserait pas intimider, et il était *hors de question* qu'elle passe pour la méchante de l'histoire.

Une fois qu'ils furent installés à l'arrière du véhicule et que la vitre de partition fut remontée, il répéta avec calme :

— Tu m'as menti.

— Oui.

— Je t'ai demandé si nous avions été amants. Tu as répondu que non, que tu étais ma garde du corps et mon amie.

— Nous avons couché ensemble. Nous n'étions pas amants.

Il tourna la tête vers elle, les traits impassibles.

— C'est tout ce que tu trouves à dire ? Tu crois t'en sortir en jouant sur les mots ?

Esme soupira et détacha son masque.

— Je savais que notre histoire n'avait pas d'avenir et je l'ai accepté, commença-t-elle avec calme. Mais je croyais compter un minimum pour toi. Je t'avais dit combien mon travail était important pour moi, que c'était ma seule fierté. Tu m'as congédiée, fait muter, sans même en discuter avec moi et sans aucun ménagement. Juste après notre retour de Paris.

Elle inspira profondément.

— Et je me suis dit que, puisqu'il n'avait été jamais question d'amour entre nous, nous n'avions pas été amants. Mais ce n'était qu'une excuse. Je t'ai menti. Je suis désolée.

Il la dévisagea si longtemps qu'elle se demanda s'il l'avait bien entendue. Puis il tourna la tête vers la vitre.

— Moi aussi, je suis désolé. De t'avoir blessée.

La villa apparut au loin, ses lumières dorées ressortant dans la nuit.

Julius appuya sur le bouton de l'Interphone.

— Arrêtez-vous ici, s'il vous plaît.

Le véhicule s'immobilisa sur l'allée.

— Le chauffeur va te déposer à la villa. J'ai besoin d'être seul un moment.

Sur ces mots, il descendit de voiture et se dirigea vers la plage. Esme attendit trois secondes, puis ouvrit sa portière, sortit à son tour et le suivit.

Il s'arrêta sur la plage, une main dans la poche, tenant de l'autre le masque par ses attaches.

— Je voulais te parler cet après-midi, dit-elle en le rejoignant. Je voulais tout te dire.

Un roulement de tonnerre résonna au-dessus de la mer avant de se propager au-dessus de la plage.

— En effet. Je ne t'en veux pas. Je t'en ai voulu tout à l'heure, mais plus maintenant. Je savais qu'il y avait quelque chose entre nous.

Elle déglutit avec peine.

— Oui, c'est vrai. Nous étions devenus de plus en plus

proches, après mon accident. Ou du moins… je le croyais. Je pensais qu'il y avait de l'affection entre nous.

— Je ne me souviens toujours pas de ce qui s'est passé au cours de l'année passée. Ni de t'avoir renvoyée. Je ne me rappelle que la nuit de Paris.

— Forcément, répliqua Esme d'un ton amer. C'était du bon sexe.

— C'était plus que cela, tu le sais aussi bien que moi. C'était incroyable.

— Oui, incroyable. Je t'aime bien, Julius. Je t'admirais et je te respectais. Cela a suffi pour que j'atterrisse dans ton lit. Mais l'homme que tu es depuis quelques jours, c'est celui que tu étais destiné à être depuis toujours. Celui que j'ai entrevu maintes fois lorsque je travaillais pour toi.

Il se tourna brusquement vers elle.

— Que cherches-tu à me dire ?

Esme leva les mains et les lui referma sur la mâchoire.

— Je te désire, Julius. Que cela ne dure que le temps de cette nuit ou le temps que tu resteras ici, je veux être avec toi.

— Et ensuite ? demanda-t-il en la prenant par les épaules. Que se passera-t-il quand je rentrerai à Rodina ?

— Ne pense pas à ce qui se passera après.

Une bourrasque souleva sa robe, l'étoffe lui fouetta les jambes.

— Ce soir, faisons comme tu l'avais dit. Soyons juste nous-mêmes.

Elle se haussa sur la pointe de pieds et effleura ses lèvres avec les siennes.

— Ensemble.

Un coup de tonnerre claqua, le vent forcit.

Julius pencha la tête et l'embrassa. Esme gémit contre ses lèvres et répondit avec passion à son baiser.

La pluie commença à tomber. Il continua de l'embrasser avec fougue avant d'écarter soudain les lèvres des siennes.

— C'est très romantique, comme décor, mais je crois que nous ferions mieux d'aller ailleurs.

Sans plus attendre, il la souleva dans ses bras et gravit les marches de pierre. La pluie tombait de plus en plus dru ; ils furent bientôt trempés tous les deux. Esme renversa la tête en arrière et éclata de rire. Quand elle regarda Julius, il la contemplait d'un air stupéfait.

— Qu'est-ce qu'il y a ?

— C'est la première fois que je t'entends rire aussi franchement, aussi librement.

Resserrant son étreinte, il entra dans la villa et se dirigea vers sa chambre en passant par la terrasse. Puis il la reposa sur ses pieds et lui enlaça la taille avant de l'attirer contre lui.

— Tu es magnifique, quand tu ris.

Esme l'embrassa, mit tout son amour dans son baiser en même temps qu'elle lui caressait le dos. Il répondit avec passion aux caresses de sa langue puis il la poussa doucement en arrière jusqu'à ce qu'elle soit assise sur le lit.

— Ne bouge pas.

Levant la main, il insinua les doigts sous les bretelles de la robe et les fit glisser sur ses bras, lui dénudant le buste. Il passa les mains derrière son dos, fit descendre la fermeture Éclair et souleva légèrement Esme. La robe tomba sur le sol.

— Tu es belle, murmura-t-il, les yeux étincelants. Si belle...

Un bras musclé lui enveloppa la taille. Julius se pencha et aspira un mamelon entre ses lèvres.

— Julius...

Après avoir léché la pointe sensible, il déposa des petits baisers sur son sein avant de s'occuper de l'autre. Esme gémit et sentit la chaleur se répandre entre ses cuisses.

Elle posa les mains sur ses épaules et le repoussa.

— À mon tour.

Des éclats dorés flamboyèrent dans les yeux bruns. Sans dire un mot, il s'assit à côté d'elle sur le lit. Lentement, elle déboutonna la chemise blanche en retenant son souffle, fit glisser la chemise sur les robustes épaules, puis appuya ses lèvres sur sa peau chaude, à l'endroit du cœur.

Se redressant, elle grimpa sur le lit et s'agenouilla, lui passa les bras autour du cou et se pressa contre lui en tremblant de plaisir. Puis elle pencha la tête et l'embrassa dans le cou, là où battait le pouls.

Mais Julius ne la laissa pas poursuivre son exploration. Il la saisit fermement par la taille, l'allongea sur le dos et s'installa au-dessus d'elle.

— Ce n'est pas juste ! protesta-t-elle en riant.

Son rire se transforma en plainte tandis qu'il lui léchait le sein.

— Tu joueras plus longtemps la prochaine fois.

Il descendit sur son corps, l'embrassa sur le ventre. La minuscule culotte de soie glissa bientôt sur ses cuisses.

— La prochaine fois ? réussit à murmurer Esme tandis qu'il refermait les mains sur ses cuisses.

— Oui, la prochaine fois. Tu as des souvenirs de nous, à Rodina, à Paris. Moi je n'ai que des bribes de souvenirs, des rêves. Et maintenant...

Redressant la tête, il sourit d'un sourire diabolique qui la fit frémir au plus profond de sa féminité.

— ... je vais transformer ces rêves en réalité.

Il pencha de nouveau la tête et l'embrassa à l'intérieur des cuisses, lui mordilla gentiment la chair. Quand il posa les lèvres sur son sexe, Esme arqua le dos et poussa un cri. Il lui maintint fermement les hanches et la lécha, la faisant haleter sans retenue.

Jusqu'à ce que, soudain, le plaisir monte inexorablement.

— Julius, murmura-t-elle entre deux halètements. Je…

La marée l'emporta. Le plaisir explosa en elle, se déploya en spirale dans tout son corps, avant qu'elle retombe sur le rivage, épuisée et tremblante.

Confusément, elle sentit Julius remuer. Ouvrant les yeux, elle le vit ôter son caleçon, puis se dresser et se tenir devant elle, complètement nu. Il avait minci, mais il était toujours aussi beau.

Les joues en feu, elle baissa les yeux sur la puissante érection.

— C'est toi qui me fais ça, Esmerelda.

— Devrais-je m'excuser, monsieur ?

Un lent sourire se dessina sur les lèvres sensuelles.

— Non, répondit-il en contournant le lit.

Il ouvrit le tiroir de la table de chevet et en sortit un préservatif. Dix secondes plus tard, il se tourna vers Esme et promena son regard sur elle.

— Si belle, répéta-t-il lentement.

L'instant d'après, il s'installait au-dessus d'elle, lui glissait la main dans les cheveux et l'embrassait de nouveau avec passion en même temps qu'il s'enfonçait en elle.

— Julius…

— C'est si bon avec toi, murmura-t-il en enfouissant le visage dans ses cheveux.

Leurs corps s'accordèrent d'eux-mêmes, ils bougeaient ensemble, grimpaient ensemble, jusqu'aux plus hauts sommets. Lorsqu'elle céda de nouveau à la jouissance, Julius s'y abandonna à son tour en poussant une longue plainte, puis s'affaissa sur elle.

Il roula aussitôt sur le flanc mais la garda dans ses bras.

— Ne pars pas, chuchota-t-il en la serrant contre lui.

Esme ferma les yeux. Il avait prononcé presque les mêmes

mots à Paris. Son cœur se serra à la pensée que, quelle que soit la nature de ce qu'ils partageaient, leur histoire n'avait aucun avenir.

— Je n'en ai pas l'intention.

Pas pour l'instant, du moins.

12

Julius se versa un verre de whisky et s'installa dans le fauteuil confortable qui se trouvait à côté de la baie vitrée.

Dehors, des éclairs continuaient de zébrer le ciel, les coups de tonnerre se succédaient. Ce spectacle avait quelque chose de grandiose, songea-t-il en portant le verre à ses lèvres.

Il savoura la légère brûlure causée par le liquide coulant dans sa gorge et tourna les yeux vers Esmerelda endormie sur le grand lit, allongée sur le ventre, le drap remonté à la hauteur des reins. Il promena son regard sur le dos nu, l'abondante chevelure dissimulant en partie le visage aux traits fins.

Leur étreinte avait été fabuleuse. Et pourtant il avait le ventre noué à la pensée que les nuits qui leur restaient étaient comptées. Or il ne voulait pas que leur histoire s'arrête. Depuis le début, il sentait un lien entre eux, un lien si puissant qu'il ne s'était souvenu que d'Esmerelda. Plus il parlait avec elle, passait de temps avec elle, plus il se demandait comment son ancien moi avait bien pu la laisser sortir de sa vie.

Il tourna la tête vers le mur opposé, là où se trouvait le coffre-fort, dissimulé derrière un tableau représentant une chute d'eau. Chaque fois qu'il pensait à la bague, il pensait à Esmerelda. Il l'avait achetée pour elle.

Et s'il se trompait ? S'il avait étouffé ses désirs au nom de son devoir envers son pays ?

Julius soupira et s'appuya la tête au dossier du fauteuil. Il avait passé en revue la législation en vigueur à Rodina, les mariages royaux successifs, depuis le milieu du XVIIIe siècle jusqu'au mariage de ses parents. L'héritier présomptif avait toujours fait passer les attentes et les intérêts du pays avant ses propres désirs.

Ce qui le ramenait à une vérité qu'il refusait de regarder en face. À savoir qu'il n'avait pas trouvé de solution lui permettant de concilier son devoir envers son pays et ses sentiments pour Esmerelda.

Un nouvel éclair déchira le ciel au-dessus de la mer, suivi l'instant d'après par un formidable coup de tonnerre. Julius le sentit résonner en lui, mais la sensation n'était pas désagréable. Une sorte de torpeur l'envahit. Lentement, ses paupières se fermèrent d'elles-mêmes.

Esmerelda nue sous lui, son corps parsemé de taches de rousseur. Il entreprend de les embrasser, une par une, tandis qu'elle éclate d'un rire sensuel qui redouble son plaisir.

— Il y en a trop ! Tu ne pourras pas les embrasser toutes !

— Je peux toujours essayer.

Il pose ses lèvres sur une petite constellation ornant la courbe de la hanche ronde, descend plus bas…

— Et puis, nous avons toute la nuit. Et comme tu te plais à le répéter, je suis très minutieux.

Le rire sensuel se transforme en gémissement, elle glisse les doigts dans ses cheveux tandis qu'il lui fait l'amour avec sa bouche.

— Julius…

Son cœur se serre. Il le niait depuis des mois, se disait qu'il se trompait… Mais quand il s'installe au-dessus d'elle, il comprend qu'il ne s'agit ni de dette ni de gratitude. Non. Il…

— Julius ?

Un frisson le parcourut. Esmerelda était assise en face de lui, sur l'ottomane, et portait sa chemise. Il contempla les longues jambes, remonta sur une cuisse parsemée de taches de rousseur…

— Excuse-moi de t'avoir réveillé.

— Ce n'est pas grave, dit-il en levant son verre. Tu en veux ?

— Oui, merci.

Surpris, il inclina la tête de côté. Quand il lui tendit la main, elle la saisit sans hésitation.

— Tout va bien ? demanda-t-il doucement.

— Oui. Je suis un peu nerveuse, c'est tout.

Elle prit le verre qu'il tenait dans l'autre main et but une gorgée de whisky en fermant les yeux.

— Dis-moi ce qui ne va pas, insista Julius.

D'un mouvement fluide, elle se leva et souleva la bouteille posée sur la table basse.

— Je peux ? demanda-t-elle en se retournant vers lui.

— Je t'en prie. C'est l'orage ?

Elle versa du whisky dans le verre puis se rassit sur l'ottomane et garda le silence pendant quelques instants avant de répondre.

— J'en avais très peur autrefois. Plus maintenant, si je suis éveillée. Si cela me réveille au beau milieu de la nuit, j'ai du mal à me rendormir.

— Viens là.

Esmerelda contempla sa main tendue. Cette fois, elle ne cherchait pas à dissimuler ses émotions. Sur ses traits, on lisait de la fatigue, de la vulnérabilité, de l'embarras. Et du désir brut.

Au bout de quelques instants, elle se leva et posa son verre sur la table basse. Julius la regarda faire en retenant son souffle. Jusqu'à ce qu'elle se tienne devant lui et qu'il lui prenne les mains pour l'attirer doucement sur ses genoux. Elle se blottit contre lui tandis qu'il refermait les bras autour d'elle en laissant échapper un soupir tremblant.

Avec elle, il se sentait *chez lui*.

Ces deux mots surgirent spontanément. Il sut d'instinct qu'il serait *chez lui* où que soit cette femme du moment qu'elle était auprès de lui.

— Tu es en sécurité, murmura-t-il.

Elle redressa la tête, leurs bouches n'étaient séparées que de quelques millimètres.

— Je sais. Je suis avec toi.

La confiance qu'elle lui témoignait, sa capitulation, le laissa sans voix. Il lui referma la main sur la nuque et l'embrassa avec une tendresse qui la surprit probablement autant que lui-même. De l'autre main, il déboutonna la chemise qui glissa bientôt sur le sol.

Esmerelda se redressa, descendit de sur ses genoux et s'agenouilla devant lui.

— Esmerelda...

— Chut... Je le fais parce que j'en ai envie, Julius.

Sans plus attendre, elle glissa les doigts sous la ceinture de son caleçon sans qu'il tente de l'arrêter. Elle dégagea son érection, la caressa, puis pencha la tête et la prit dans sa bouche. Julius poussa une plainte, lui agrippa les cheveux tandis qu'elle le léchait, le cajolait, l'embrassait, mettant son contrôle à rude épreuve.

Le petit rire de gorge d'Esmerelda faillit causer sa perte. Elle se releva, la chevelure bouclée ruisselant sur les belles épaules nues, et s'assit à califourchon sur lui avant de prendre son membre pour l'enfouir en elle. Julius lui enlaça la taille et la guida tandis qu'elle le chevauchait hardiment.

Un éclair éclaira soudain toute la pièce d'une lumière blanche, suivi d'un coup de tonnerre assourdissant. Au même instant, ils basculèrent tous les deux dans l'extase, les cris de plaisir d'Esmerelda se mêlant à la plainte sauvage qui franchit ses propres lèvres juste avant qu'elle s'effondre sur lui.

Julius se réveilla, le cœur battant à tout rompre, et se souvint de tout.

Les paroles de Mlle Smythe lui revinrent, celles qu'elle avait prononcées alors qu'il contemplait le diamant.

Plus on le regarde, plus on en apprécie la beauté et la singularité.

La bague avait toujours été destinée à Esmerelda. Il se revit, assis avec Mlle Smythe dans l'élégant salon et repoussant des diamants de vingt carats et des rubis magnifiques.

Jusqu'à ce que soudain, il l'aperçoive. Le diamant poivre et sel. Les minuscules inclusions qu'il renfermait lui avaient rappelé ses taches de rousseur, son propre désir de les embrasser toutes cette nuit-là, à Paris.

Plus il regardait Esmerelda et plus il voyait sa beauté et sa singularité. Au fil du temps, il avait découvert le parcours qui l'avait amenée à devenir une garde du corps efficace et une femme incroyable qu'il n'arrivait pas à se sortir de la tête.

Son courage le sidérait. Son dévouement l'intriguait. Et le sourire timide qu'elle lui avait adressé à l'hôpital, après son accident, avait traversé les défenses qu'il avait érigées autour de son cœur.

Il l'avait nié. Attribuant cela à une réaction émotionnelle due au fait qu'elle lui avait sauvé la vie. Mais, par la suite, une intimité s'était tissée entre eux presque à leur insu. Ils avaient commencé à se parler. Julius ne partageait pas toujours son avis, mais il en était venu à tenir compte de ses remarques et à attendre avec impatience le moment de la revoir.

Puis il y avait eu le voyage à Paris. Ils avaient déjà voyagé ensemble. Mais c'était la première fois qu'il avait eu des plages de temps libre, sans rendez-vous, sans conférence de presse, sans réception mondaine ou manifestation publique. Il était sorti de l'hôtel sans en avertir l'agent de protection rapprochée en service à ce moment-là, et soudain il l'avait aperçue assise sur la terrasse d'un café, la tête légèrement penchée en arrière, sa chevelure ondulant sur son dos tandis qu'elle regardait en souriant autour d'elle. Et brusquement, la mince paroi qu'il avait délibérément érigée entre eux s'était effondrée d'un coup.

La nuit passée avec elle avait été délicieuse. Magique. Le plaisir avait été incroyable. Et ce qu'ils avaient partagé avait consolidé le lien qui s'était développé entre eux. Lorsqu'au matin elle était venue le rejoindre sur le balcon et qu'après s'être raidi il avait senti s'apaiser en partie ses tourments intérieurs, il avait su qu'il éprouvait bien plus que du désir charnel pour Esmerelda et en avait été effrayé.

À son retour à Rodina, quand son père était venu le voir et lui avait rappelé qu'il devait impérativement se fiancer, Julius avait été... soulagé. Les ordres, les faits, les listes, le rassuraient. Tandis que les sentiments, les émotions... menaçaient son équilibre chèrement acquis.

Aussi avait-il organisé la mutation d'Esmerelda en s'interdisant d'éprouver quoi que ce soit et en étouffant résolument remords et regrets.

Puis il avait appris qu'elle était partie.

Julius revécut la douleur ressentie alors. Il lui avait fallu des jours pour s'avouer qu'elle lui manquait, et une bonne semaine supplémentaire pour prendre sa décision.

Esmerelda était la candidate parfaite. Sa loyauté envers la Couronne, son dévouement envers le pays, ses connaissances approfondies en matière de politique et de gouvernance compenseraient avantageusement l'absence de pedigree classique : fortune, pouvoir, ancienneté de la famille. D'autant que l'économie de Rodina était stable et solide. Grâce notamment aux efforts conjugués de son père et lui.

C'étaient avec ces arguments qu'il avait justifié sa décision devant son père. Le roi les avait écartées d'un geste de la main et lui avait posé une seule question :

— Désires-tu l'épouser ?

Il avait hésité un bref instant. Il ne laissait jamais ses émotions influencer aucune décision. Or celle-ci était d'une importance capitale.

— Oui.

Francisco avait souri.

— Eh bien, qu'attends-tu pour aller la rejoindre ?

Julius s'était précipité dans son bureau, avait sorti la carte noire donnée par un homme d'affaires rencontré lors d'un gala, un milliardaire doublé d'un original, et s'était envolé pour Londres. Pendant ce temps-là, un détective privé localisait Esmerelda et lui communiquait son adresse.

Et maintenant il était là, à la Grenade, avec ses souvenirs intacts et Esmerelda endormie à côté de lui. Un mélange d'excitation et d'impatience le gagna. Dès qu'elle se réveillerait, il lui dirait tout. Ensuite, il lui offrirait la bague en bonne et due forme. Leurs fiançailles dureraient tout le temps qu'elle voudrait, ils se marieraient quand et où elle voudrait.

Du moment qu'elle était à ses côtés, rien d'autre n'avait d'importance.

Esme fut réveillée par la caresse des rayons du soleil sur son visage. Elle était seule dans le grand lit. Elle tourna les yeux vers le réveil : 8 heures passées. Julius avait toujours été un lève-tôt.

— Tu es réveillée.

Il franchit le seuil et lui sourit, puis s'avança et se pencha vers elle.

— Bonjour, dit-elle en lui offrant ses lèvres.

— Bonjour.

Au lieu de l'embrasser, il se contenta d'effleurer sa bouche avec la sienne avant de se redresser aussitôt.

— Je me souviens.

— Ah... ? demanda Esme, le cœur battant la chamade.

— De tout.

Elle se redressa sur son séant et attendit. Mais il ne la regarda pas avec dégoût et continua à lui sourire. Elle lui sourit à son tour et descendit du lit.

— Je suis très heureuse pour toi, dit-elle en le prenant dans ses bras. Et... Tu te souviens aussi de ce qui s'est passé à Londres ?

— Oui. Je rentrais à mon hôtel. J'ai entendu du bruit provenant d'une ruelle. Deux hommes se battaient. J'ai voulu m'interposer. L'un des deux a détalé. L'autre s'est retourné vers moi et a braqué un revolver sur mon visage.

Esme se raidit.

— Et ?

— Il a appuyé sur la détente.

— Julius...

— Quelque chose a foiré, manifestement, poursuivit-il avec un petit sourire en coin. Le mécanisme s'est enrayé. Je me suis jeté sur le type et nous nous sommes battus. Je me souviens d'avoir ressenti une vive douleur à l'arrière de la tête, puis de m'être traîné jusqu'au garage souterrain de l'hôtel ; il y avait un ascenseur privé permettant d'accéder à la suite du dernier étage. Les portes se sont refermées. Ensuite, c'est le trou noir.

— Il a dû te frapper avec quelque chose.

— J'ai appelé Scotland Yard. Ils effectuent des recherches concernant mes cartes de crédit pour voir si l'une d'entre elles a été utilisée récemment, et ils examinent les enregistrements des caméras de surveillance du quartier. Je me rappelle tout ce qui s'est passé durant la semaine qui a suivi notre voyage à Paris. Je me souviens de notre conversation dans mon bureau, quand je t'ai annoncé que tu étais mutée dans un autre service.

Un frisson parcourut Esme. Elle avait beaucoup mûri, ces derniers jours. Allait-elle supporter ce qu'il allait lui dire ? Serait-elle capable de l'accepter et ensuite, d'avancer ?

— Julius...

— J'ai été délibérément cruel.

— Pourquoi ? demanda-t-elle en reculant d'un pas.

— Pour que tu me haïsses. J'ai pensé que cela t'aiderait à avancer. Cela ne m'excuse en rien, précisa-t-il à la hâte. J'ai décidé pour toi, à ta place, alors que je n'en avais pas le droit.

— Merci, Julius, murmura Esme, les larmes aux yeux.

— C'est comme si...

Il fixa un point au-dessus de sa tête.

— Comme si j'avais été « réassemblé ». Comme si tous les morceaux avaient retrouvé leur place.

Après s'être interrompu un bref instant, il ajouta :

— Je me souviens aussi de la bague.

Sa gorge se noua. Cela devait arriver tôt ou tard.

— Ah, fit-elle en lui posant les mains sur la poitrine pour le repousser.

Mais, au lieu de la lâcher, il resserra son étreinte.

— Ce n'est vraiment pas facile pour moi d'être nue pendant que tu me parles de la bague que tu as achetée pour une autre...

— Je l'ai achetée pour toi.

Elle le regarda en retenant son souffle.

— Qu'est-ce que tu as dit ?

— Après ton départ, je n'arrivais à me concentrer sur rien. Je ne pensais qu'à toi. La perspective de partager ne serait-ce qu'un repas avec une autre que toi m'était impossible. Alors partager ma vie...

Tendant le bras, il saisit l'écrin noir posé sur une console. Le cœur lui martelant les côtes, Esme le regarda soulever le couvercle...

— Veux-tu être ma femme et ma reine, Esmerelda ?

Elle se posa la main sur la gorge. Jamais, même dans ses rêves les plus fous, elle n'aurait osé imaginer qu'ils puissent être ensemble. Vivre ensemble. Cela paraissait trop beau pour être vrai.

Julius tissait une belle tapisserie autour d'eux, mais sans en voir les défauts. Car il y avait forcément des défauts. Rien n'était parfait, Esme ne le savait que trop.

— Je... Je ne sais pas quoi dire.

Il fronça les sourcils.

— Tu n'as qu'à dire « oui », c'est tout. Les fiançailles dureront autant que tu le voudras. Tu décideras de tout. Et ensuite nous vivrons ensemble. Régnerons ensemble.

Cette fois, il ne la retint pas quand elle recula. Elle se pencha pour ramasser la chemise et l'enfila rapidement. Lorsqu'elle se retourna vers Julius, il l'observait les yeux mi-clos et serrait l'écrin entre ses doigts.

— C'est si... soudain, Julius.

— Nous nous connaissons depuis plus d'un an.

— Oui, dans un cadre professionnel.

Il se passa la main dans les cheveux.

— Préfères-tu que nous sortions ensemble ? Que nous nous affichions publiquement...

— Non, l'interrompit-elle en lui tournant le dos.

Assaillie par une foule d'émotions contradictoires, Esme referma les bras autour de son buste et s'avança vers la baie vitrée. Il la suivit et s'arrêta derrière elle.

— Que se passe-t-il, Esmerelda ?

— Pourquoi moi ?

— Pardon ?

Elle se retourna et fut consternée de voir de l'irritation et de la confusion sur ses traits.

— Pourquoi veux-tu m'épouser ? Tu m'avais *renvoyée*, Julius. Pourquoi as-tu changé d'avis à mon sujet ?

— Parce que j'ai réalisé que tu étais la bonne personne, répondit-il en lui effleurant la joue du bout des doigts. Nous aimons tous les deux notre pays. Avec toi, je peux faire bien davantage pour le peuple qu'avec n'importe laquelle des femmes sélectionnées par mon père. Et il est d'accord. Il me soutient dans mon choix. Mais c'est moi qui l'ai décidé. Qui t'ai choisie.

Chaque nouvelle phrase était un nouveau coup pour Esme. La vie lui avait offert une semaine merveilleuse, lui avait fait goûter à la tendresse, avant de l'en priver encore une fois.

— Je représente un atout pour toi, donc.

— Pas seulement, répliqua-t-il en fronçant les sourcils. Nous nous faisons du bien, nous nous entendons à merveille.

— J'ai besoin de plus que cela, Julius.

Il entrouvrit les lèvres, les referma.

Son cœur frémit douloureusement. Un écran se dressa entre eux. Ce même écran qui lui avait donné la force de ne pas craquer avant de sortir du bureau de Julius des semaines plus tôt.

— Je viens seulement de recouvrer la mémoire, bon sang ! Je déroge à toutes les conventions, je transgresse toutes les traditions parce que je te veux pour épouse.

— Tu ne m'as même pas demandé ce que moi je désirais.

Esme recula.

— Tu me veux pour épouse, sans savoir si je désire devenir

ta reine. Tu présumes que je n'attends que cela. Tu as tout prévu sans me demander mon avis.

— Je te l'ai dit, nous avons le temps, nous pouvons…

— Et après ? Une fois que nous serons mariés ?

— Mon père abdiquera un an après notre mariage. Je deviendrai le roi et toi la reine.

— Ma vie ressemblera-t-elle à celle de ta cousine Vera ? Je participerai à toutes sortes de déjeuners, siégerai au conseil d'administration d'associations de bienfaisance ?

— Ma mère le faisait. Elle servait le pays.

— Oui, et j'ai entendu ton père dire qu'elle aimait son rôle. Qu'elle le faisait bien parce qu'elle aimait cela. Mais moi…

Esme s'efforça de remettre de l'ordre dans ses pensées, de trouver les mots susceptibles d'exprimer ce qu'elle ressentait.

— Et les forums économiques ? Les conseils de coopération ? Les sommets internationaux ? Je serais un simple objet décoratif, ou je servirais activement le pays ?

— Ma mère n'était pas un simple objet décoratif. La reine est une figure de proue et une autorité, au service du pays et du peuple.

Cette fois, elle ne trouva rien à répliquer. Une part d'elle-même, celle qui n'avait jamais cessé d'aimer Julius, lui enjoignait d'accepter la bague. À soutenir l'homme dont elle était profondément éprise. Mais la femme qu'elle était devenue et qui ne demandait qu'à continuer de s'épanouir, hésitait. Elle venait à peine de s'émanciper, de se libérer des attentes pesant sur elle. D'autre part, elle savait que le pays avait besoin de femmes comme la mère de Julius et Vera.

Était-elle égoïste de désirer autre chose ?

Julius pinça les lèvres.

— Si je comprends bien, m'épouser ne fait pas partie de tes désirs.

— Je ne sais pas, Julius ! s'écria-t-elle en levant les mains au ciel. J'ai toujours fait ce que d'autres attendaient de moi. Ta mère a beaucoup apporté au pays, Vera se dévoue à de nombreuses causes, j'ai eu tort de parler de simple objet de décoration, pardonne-moi. Mais devoir me limiter à cela toute ma vie... Je n'en ai qu'une, de vie...

— Je croyais que tu savais ce qu'était le devoir.

Sa voix vibrait de colère contenue. Il avait le regard sombre, presque noir.

— Je sais ce qu'est le sens du devoir. Mais... je désire plus que cela, Julius. Tu sais comment je suis, tu sais que je lis beaucoup, que je me tiens au courant de tout ce qui se passe dans notre pays. Que ce soit moi ou une autre, celle qui sera à tes côtés mérite de choisir sa façon de servir son pays.

— Lorsqu'on est un membre d'une famille royale, on a rarement l'occasion de choisir.

— Mais il y a différentes façons de gouverner, insista Esme. C'est toi qui me l'as appris. Tu me l'as montré chaque fois que toi et ton père n'étiez pas d'accord sur un point ou un autre. Pourquoi une reine ne pourrait-elle pas être davantage qu'une figure de proue ?

— Je ne dis pas qu'elle ne le peut pas.

— Sauf que tu as déjà tout planifié.

Mon Dieu, son cœur battait trop fort, trop vite...

— Sans m'en parler, sans penser à qui je suis, à ce que je pourrais désirer, à ce que je pourrais faire, offrir...

Les yeux de Julius étincelèrent.

— J'ai laissé tomber ma garde avec toi plus qu'avec personne d'autre.

— Je sais. Mais lorsque je me marierai, je veux que ce soit parce que j'aime celui que je vais épouser et que cet amour soit réciproque. Je veux que ce soit un partenariat. Pas une transaction sans amour et dans laquelle je n'ai pas mon mot à dire.

Le couvercle de l'écrin claqua.

— Très bien, je vois que tu as réfléchi à la question, déclara Julius d'une voix glaciale. Et j'en conclus que tu fais bien de décliner ma proposition.

Le prince autoritaire était de retour, il avait le visage fermé, le regard dur.

Esme ignora la douleur qui lui déchirait la poitrine et se dirigea vers le lit. Elle ramassa sa robe restée sur le sol, ôta la chemise et l'enfila. Quand elle se retourna, Julius la regardait, le visage semblable à un masque.

Ils étaient furieux et blessés tous les deux. Ils s'affrontaient, et ni l'un ni l'autre ne voulait céder.

Elle quitta la pièce sans dire un mot, regagna sa chambre et fit sa valise en moins de cinq minutes. Puis elle mit un T-shirt et un short, rassembla ses cheveux en chignon et, son téléphone à main, elle se dirigea vers la baie vitrée. Pour la dernière fois, elle contempla la terrasse, la plage, la vue sur la mer, et sélectionna le numéro de Burak.

— Esme ? Comment… ?

— Le prince Julius est à la Grenade. Villa des Colombes, à côté de l'Anse aux Épines.

Silence.

— Burak ?

— Qu'est-ce…

— Le prince a été agressé à Londres. Il a retrouvé ma trace, est venu me rejoindre à la Grenade et m'a embauchée pour assurer sa protection temporairement, le temps de récupérer.

Un juron retentit dans son oreille, suivi d'un déluge de questions.

— C'est au prince de te répondre.

Esme mit fin à l'appel et déglutit. Elle venait de trahir Julius. Elle sortit de sa chambre et le vit, immobile sur le seuil de la sienne, vêtu en tout et pour tout d'un pantalon de jogging.

— Je dois te remercier, dit-elle avec calme en s'avançant dans le couloir.

— Tu ne me dois rien.

— Si. En me faisant muter dans un autre service, tu as produit le choc dont j'avais besoin pour réaliser que je devais changer de vie.

Il baissa les yeux sur la valise.

— Tu fuis à nouveau.

Et il ne l'en empêcherait pas. Esme domina la colère qui montait en elle. Si elle avait gardé la tête froide, elle aurait appelé Burak bien plus tôt.

— Je prends la direction que j'ai choisie.

Il la regarda, les poings serrés sur ses flancs. L'écrin avait disparu.

— Je...

Une sonnerie l'interrompit. Il sortit son téléphone de sa poche, jeta un coup d'œil à l'écran, puis redressa la tête et pinça les lèvres.

— Tu as appelé le Palais.

— J'aurais dû le faire dès ton arrivée, rétorqua-t-elle en redressant le menton.

Une lueur blessée traversa les yeux bruns. À moins que ce ne soit de la colère. Peu importait, elle avait fait son devoir et rompu le dernier lien qui existait encore entre eux.

Elle traversa le hall dans une sorte de brouillard.

Arrivée devant la porte, elle se retourna.

— Tu seras un roi formidable.

La haute silhouette se découpait à contre-jour, Julius était droit comme un I, il y avait quelque chose de majestueux dans son attitude. De royal.

Esme s'inclina, puis tourna les talons et quitta la villa.

13

Julius amarra le voilier au ponton privé et s'éloigna en direction de l'allée conduisant au palais.

Il s'était remis à la voile peu de temps après son retour à Rodina, trois semaines plus tôt. Après que, fou furieux d'avoir été trahi par Esmerelda, il avait appelé Burak pour le prévenir qu'il rentrait mais par ses propres moyens. Sourd aux protestations du chef de sa sécurité, il avait loué un jet privé aussitôt après avoir raccroché. Rien ne le retenait plus à la Grenade, hormis les souvenirs de ce qui resterait probablement la période la plus heureuse de sa vie.

Burak l'attendait à l'aéroport et lui avait posé de nombreuses questions auxquelles Julius avait répondu de façon concise. La seule chose qu'il avait gardée pour lui étant sa relation avec Esmerelda. Lorsque Burak l'avait interrogé sur elle, il avait répondu d'un ton glacial :

« Si voulez conserver votre poste, je vous conseille de ne *jamais* douter de la conduite irréprochable de Mlle Clark. »

À en juger par l'air pincé de Burak, il n'avait pas apprécié sa réponse. Mais il avait néanmoins acquiescé d'un hochement de tête avant de passer à un autre sujet.

Une seule personne connaissait toute la vérité : son père. Aussitôt après avoir atterri, Julius avait appelé le Palais et sollicité une entrevue avec le roi en précisant qu'il devait le voir urgemment. Francisco lui avait réservé un accueil affectueux qui avait profondément ému Julius. Une fois qu'ils avaient été seuls dans son bureau, il avait demandé des nouvelles d'Esmerelda.

Julius hésitant à lui répondre, son père s'était penché en avant et avait croisé les doigts devant lui sur le bureau, comme pour s'empêcher de se lever et de venir prendre son fils unique dans ses bras.

— Qu'est-ce qui te préoccupe, mon fils ?

Il lui avait tout raconté. Depuis son réveil dans une suite du Bancroft jusqu'au départ d'Esmerelda.

Son père l'avait écouté en silence.

— C'est rude, s'était-il contenté de dire à la fin.

Venant de la part d'un homme disert, la remarque avait fait rire Julius et détendu l'atmosphère. Francisco n'avait pas posé de questions, ne lui avait fait aucun reproche ni aucune remarque. Il lui avait simplement demandé s'il pouvait faire quelque chose pour lui et, Julius répondant par la négative, il avait ajouté qu'il serait toujours disponible pour lui et disposé à l'écouter.

Au moment où Julius s'était levé pour partir, son père s'était levé à son tour, avait contourné le bureau et l'avait serré dans ses bras.

Après la mort de sa mère, Julius s'était refusé tout épanchement, toute manifestation d'affection. Il avait protégé son cœur, y compris de son père, qui lui avait de son côté toujours offert son amour et son soutien.

Jusqu'à Esmerelda.

Chaque fois qu'il repensait à la façon dont elle s'était inclinée devant lui avant de quitter la villa, un étau lui enserrait la poitrine au point de lui couper la respiration. La nuit, c'était encore pire. Surtout lorsqu'il se réveillait et, la cherchant dans l'obscurité, ne trouvait sous ses doigts que le drap frais au lieu du corps doux et chaud.

La journée, il avait repris son rôle et ses fonctions sans difficulté, mais en y ajoutant un côté humain qu'il s'était découvert sur l'île. Il souriait davantage, lançait une boutade de temps à autre. C'était amusant, et gratifiant, de voir les gens échanger des regards surpris. Ils se demandaient sans doute ce qui avait bien pu lui arriver pour provoquer cette métamorphose.

Lorsqu'il avait effectué sa première sortie en mer, il avait failli appeler Esmerelda pour partager cela avec elle. Mais il n'en avait rien fait. Elle était partie, après avoir refusé de devenir sa femme. Après qu'il se fut complètement dévoilé devant elle.

Cela ne lui avait pas suffi. Elle en voulait davantage.

Non, il ne s'agissait pas seulement de cela, reconnut Julius en son for intérieur.

Il s'arrêta et ferma un instant les yeux pour mieux savourer la douceur de la brise venant de l'océan. La chaleur du soleil s'infiltra en lui, ramenant les souvenirs de... Il rouvrit les yeux et commença de gravir les marches creusées dans la falaise. Une fois arrivé devant l'imposante barrière, il entra le code de sécurité. La barrière grinça quand il la poussa, puis se referma avec un bruit métallique.

Lorsqu'il traversa les jardins, les souvenirs l'assaillirent de nouveau. Il ne put chasser l'image qui s'imposa dans son esprit et revit l'expression sidérée d'Esmerelda quand il lui avait expliqué pourquoi elle serait parfaite comme reine.

Avec le recul, il avait réalisé qu'il l'avait traitée de la même façon que les autres, notamment ses parents. Surtout son père. Il l'avait réduite à une liste de possibilités, de qualités, pour ne pas dire de qualifications.

Brusquement, il revit le visage d'Esmerelda et revécut le

sentiment de rejet que lui-même avait éprouvé. Son incapacité à exprimer la profondeur des sentiments qu'il éprouvait pour elle.

— Tu as une mine épouvantable.

Il leva les yeux et vit son père venir à sa rencontre.

— J'ai subi un traumatisme, lui rappela Julius d'un ton peu convaincant.

— Hum...

Francisco se pencha pour casser une tige de lavande puis se redressa en humant son parfum.

— Je viens rarement ici. C'est un bel endroit, pourtant.

— Oui, acquiesça Julius. Mais tu as l'air préoccupé... Je peux te demander pourquoi ?

— Ah ! fit son père avec un petit sourire. Ce serait plutôt à moi de te demander où tu en es. Je ne rajeunis pas, tu sais ? Il faudrait que tu songes sérieusement à te marier.

Un frisson glacé le traversa.

— Si tu as une candidate en vue, dis-le-moi.

— Tu es sûr ?

— Oui.

— Et Esmerelda ? demanda Francisco après un léger silence.

— Je ne veux pas parler d'elle, déclara sèchement Julius.

Francisco ignora sa brusquerie.

— Est-ce que tu réalises que lorsque tu es venu me demander la permission de proposer le mariage à Esmerelda, c'était la première fois que tu me demandais quelque chose depuis la mort de ta mère ? Oh ! tu me posais des questions, bien sûr, mais cela concernait toujours le travail, le pays. Ce qui montre que tu seras un bon roi. Mais... comment peut-on gouverner si l'on se tue à la tâche et que l'on devient incapable d'être un bon chef d'État ?

— À ta place, elle dirait la même chose, répliqua Julius.

— J'ai beaucoup réfléchi, l'an dernier. *Beaucoup*, répéta

Francisco en tournant les yeux vers l'océan. Et je t'ai observé. J'ai vite remarqué que lorsque tu étais avec Mlle Clark, tes aspérités s'en trouvaient comme adoucies.

Lentement, Julius glissa la main dans sa poche et resserra les doigts sur l'écrin qu'il portait en permanence sur lui.

Plus on le regarde, plus on en apprécie la beauté et la singularité.

— C'est une femme exceptionnelle, reprit son père en inclinant la tête de côté. Lui as-tu dit que tu l'aimais ?

Les angles de l'écrin s'enfoncèrent dans sa paume. Elle comptait énormément pour lui, il la désirait, il adorait parler avec elle, faire l'amour avec elle, l'avoir à ses côtés. Il avait entièrement confiance en elle. Mais... l'aimait-il ?

— Je lui ai dit qu'elle était importante pour moi.

Son père renversa la tête en arrière et éclata de rire.

— Tu me rends vraiment service, fit Julius en plissant le front.

Francisco reprit son sérieux. Un sourire nostalgique se dessina sur ses lèvres.

— Je regrette de n'avoir pas passé plus de temps avec ta mère. J'ai tant de regrets. Lorsque nous nous sommes fiancés, nous n'étions pas amoureux l'un de l'autre. Je l'ai épousée par devoir. Mais lorsque nous sommes tombés amoureux...

Son regard se perdit au loin.

— Elle m'en avait parlé, dit Julius avec un léger sourire.

— Ce que je n'ai jamais regretté, en revanche, c'est de lui avoir dit chaque jour que je l'aimais après que j'ai eu découvert mes sentiments pour elle.

Sur ces paroles, son père se détourna et repartit en direction du palais, laissant Julius seul avec lui-même.

Il sortit l'écrin de sa poche et l'ouvrit. La bague étincela au soleil. Plus il la regarda, plus il se sentit stupide. Oui, Esmerelda avait toutes les qualités requises pour être reine. Mais elle était aussi la seule femme qu'il ait jamais aimée. Elle méritait de le savoir. Il devait lui dire qu'il la voulait à ses côtés telle qu'elle était et pour ce qu'elle était, pas à cause de ce qu'elle représentait. Qu'il ne l'enfermerait jamais dans une case mais la laisserait décider de sa propre vie.

Et alors, ou bien elle le rejetterait de nouveau, ou bien elle accepterait de l'épouser, mais en toute connaissance de cause. Quant à lui, il s'interdit de céder à la nervosité qui s'insinuait en lui à la perspective de mettre son cœur à nu.

Esme déglutit et se concentra sur les trois personnes assises en face d'elle. En dépit de ses efforts pour ne pas penser à lui, le visage de Julius ne cessait de s'imposer dans son esprit, le jour comme la nuit.

— Une dernière question, dit la femme en tailleur gris perle. Où vous voyez-vous dans cinq ans ?

Pour la première fois depuis le début de l'entretien, Esme fut prise de court.

— Je..., commença-t-elle avec un léger sourire destiné à donner le change à ses interlocuteurs. Je ne sais pas trop. Quitter mon pays a représenté un grand pas pour moi.

— Naturellement, répliqua la femme avec un sourire aimable. Je vais vous poser la question autrement. Que voulez-vous faire de votre vie ? Qu'attendez-vous de votre carrière ? Qu'est-ce qui est le plus important pour vous ?

Julius.

La réponse avait fusé en elle avec une certitude absolue. Elle voulait passer sa vie avec Julius parce qu'elle l'aimait. Il le lui avait proposé, lui avait donné sa chance et elle avait refusé, de crainte de perdre son indépendance fraîchement acquise et de se retrouver enfermée dans une nouvelle case et de devoir satisfaire les attentes d'autrui.

Lorsqu'il lui avait demandé si elle voulait devenir sa femme et sa reine, elle s'était focalisée sur le fait qu'il avait déjà tout planifié sans même lui demander ce qu'elle en pensait. Elle en avait été si blessée que cela l'avait empêchée d'exprimer ses propres sentiments, ses désirs. De lui expliquer de quoi elle avait besoin pour accepter sa proposition.

Devenir reine, diriger un pays, ce n'était peut-être pas ce qu'elle aurait choisi d'emblée. Ce rôle serait assorti de longues heures de travail, de règles en tout genre. Mais elle avait été si effrayée par la façon dont Julius avait formulé sa demande qu'elle n'avait pas pris le temps de réfléchir à ce qu'*elle* pourrait lui proposer.

Elle n'avait pas pris le temps de parler avec lui, de l'interroger. Elle avait eu si peur des réponses de Julius qu'elle avait préféré fuir au lieu de faire front et de se battre pour elle-même, pour eux deux et leur avenir.

— Mademoiselle Clark ?

Esme battit des cils. Trois visages la regardaient d'un air à la fois inquiet et perplexe.

— Excusez-moi, dit-elle en se levant. Je ne crois pas que ce poste soit fait pour moi. Je me suis trompée. Merci de m'avoir reçue. Je suis désolée de vous avoir fait perdre votre temps.

Sans attendre leur réaction, elle se détourna et sortit de la salle de réunion.

Quelques minutes plus tard, elle marchait d'un pas déterminé sur le trottoir, en plein cœur de Manhattan. Elle devait faire quelque chose, trouver un moyen de rencontrer Julius et tout lui dire. Répondrait-il si elle l'appelait ? Valait-il mieux lui envoyer un SMS ?

Non. Elle devait lui parler en face. Esme sortit son portable de son sac à main et rédigea rapidement un mail disant qu'elle souhaitait voir Son Altesse dès que possible et sollicitait une entrevue avec lui. Puis elle appuya sur « Envoyer » avant de se dégonfler.

Quarante-huit heures plus tard, elle s'arrêta devant l'ascenseur et baissa les yeux sur la clé qu'elle tenait dans sa main.

La plaque portait le numéro 333. Celui de la suite où elle et Julius avaient passé la nuit ensemble.

Le destin lui jouait-il un mauvais tour ?

Non. La suite 333 était réservée aux clients les plus prestigieux, voilà tout. Esme entra dans l'ascenseur en soupirant. Quand, une demi-heure après avoir sollicité une entrevue avec Julius, elle avait reçu le mail lui demandant de se rendre à Paris pour rencontrer le roi, elle avait blêmi. Le roi Francisco souhaitait-il l'interroger ? Voulait-il savoir pourquoi elle avait passé une semaine à la Grenade avec son fils ? Il avait peut-être découvert leur liaison. Maintenant qu'elle ne travaillait plus pour la sécurité du Palais, elle ne risquait plus d'être renvoyée. Mais, s'il le souhaitait, le roi pourrait néanmoins lui compliquer la vie.

À moins que Julius lui ait montré son mail et lui ait demandé d'intervenir…

La cabine s'immobilisa en douceur, les portes coulissèrent. Elle domina sa nervosité et s'avança dans le vestibule ouvrant sur le salon.

Rien n'avait changé. Même parquet de bois blond. Même mobilier couleur ivoire sur lequel ressortaient des teintes pourpre et or. Même cheminée de marbre blanc.

Les portes-fenêtres du balcon étaient grandes ouvertes, la tour Eiffel s'élevait fièrement au-dessus des toits parisiens.

Les souvenirs se bousculèrent dans son esprit, si vivaces qu'elle retint une plainte.

— Majesté ? demanda-t-elle en s'avançant d'un pas.

Pas de réponse. La suite paraissait déserte.

Elle sortit son portable et relut le mail. Le message était bref. On lui demandait de se présenter le 12 juin à 19 heures à l'hôtel de La Martinique pour y rencontrer Sa Majesté.

— Bonsoir.

Abasourdie, elle tourna vivement la tête et vit Julius sortir de la chambre. En chemise de soie blanche, les manches roulées jusqu'aux coudes.

— Tu… Où est…

— Mlle Clark bégaye ? fit-il avec un petit sourire en coin.

Esme tint bon. Elle carra les épaules et redressa le menton.

— J'ai reçu un mail disant…

— Puis-je le voir ?

Évidemment. Il n'allait pas lui faciliter la tâche.

Elle lui tendit son téléphone.

— Ah, je vois, fit-il en lisant le message. Il y a une erreur.

— Une erreur ?

— Oui, au lieu de « Sa Majesté », il devrait être écrit « Son Altesse ».

Une lueur taquine traversa ses yeux bruns.

— Oups.

Confuse, et ne sachant comment interpréter son attitude, Esme recula d'un pas. Il s'avança rapidement et lui prit le coude puis, sans lui laisser le temps de réagir, l'attira contre lui. Puis il lui referma un bras autour du dos et glissa l'autre sous les genoux. L'instant d'après il la soulevait dans ses bras tandis qu'elle se débattait de toutes ses forces.

— Repose-moi par terre !

— Après que tu m'auras promis de ne pas t'enfuir.

Elle retint la réplique peu aimable qui lui montait aux lèvres et ferma les yeux en s'efforçant de ne pas savourer la merveilleuse chaleur qui l'enveloppait.

— Je ne comprends pas.

Doucement, il appuya le front contre le sien. Ce simple contact la fit frémir au plus profond de son être.

— Regarde-moi, Esmerelda.

Elle rouvrit lentement les yeux mais fixa un point situé au-dessus de l'épaule de Julius.

— Je ne peux pas. Pas encore. J'avais sollicité une entrevue avec toi, je sais, mais après avoir reçu la réponse du Palais, je ne m'attendais pas à te revoir ce soir.

— Très bien. Alors contente-toi de m'écouter, dit-il en s'avançant vers la porte-fenêtre ouverte.

Il sortit sur le balcon et s'installa sur une chaise longue en la serrant précautionneusement contre lui.

— Je t'ai blessée.

Esme tressaillit mais ne le regarda toujours pas. Son cœur lui martelait la poitrine. Elle avait du mal à respirer.

— Oui. Mais je ne t'ai pas ménagé non plus.

— En effet, murmura-t-il en appuyant la joue contre ses cheveux. Je t'ai ôté la possibilité de choisir. Encore une fois.

— Oui. Mais je...

— Laisse-moi m'excuser. Ensuite, ce sera ton tour.

Cette fois, elle le regarda et lui donna un petit coup de poing dans l'épaule.

— Qui t'a dit que j'allais m'excuser ?

— Appelons cela une intuition, répondit-il avec un petit sourire en coin.

Le sourire disparut.

— Je voulais tellement que tu restes avec moi. Je savais que cela pourrait fonctionner, alors je t'ai demandé de m'épouser. Je croyais que toi aussi tu désirais être avec moi.

— Je...

Il la fit taire d'un baiser. Un baiser empreint d'une telle douceur qu'elle en eut les larmes aux yeux.

— J'ai pensé à ta place. J'ai fait des projets pour toi sans même te demander ton avis, comme tu me l'as reproché à juste titre. Je décide pour les autres depuis si longtemps que j'ai reproduit le même schéma avec toi. Et ensuite, j'ai pris ton hésitation pour un rejet. Mais..., dit-il en l'embrassant sur le bout du nez, je me contrôlais. Je me suis dit que je m'étais suffisamment dévoilé.

Esme déglutit avec effort.

— J'ai été injuste de demander plus que ce que tu me proposais. Il était trop tôt. Mais cela ne veut pas dire, enchaîna-t-elle en voyant qu'il allait l'interrompre, que je ne le mérite pas. Je me suis laissé rattraper par mon passé au lieu de prendre le temps de réfléchir à ta proposition, d'en discuter avec toi. Je me suis concentrée sur mon besoin d'indépendance au lieu d'écouter mon cœur.

Elle baissa les yeux.

— Tu avais raison. J'ai fui.

— Peut-être que si je t'avais dit...

Doucement, il lui souleva le menton et appuya son front contre le sien.

— Je t'aime, Esmerelda. Je t'aime depuis si longtemps.

Le bonheur se répandit en elle, tourbillonna dans sa poitrine, emplit tout son être. Un tel amour se lisait dans les yeux de Julius qu'Esme ne put retenir la larme qui roula sur sa joue.

— Je t'ai probablement fait pleurer bien des fois, et trop souvent..., dit-il en l'essuyant délicatement du bout du pouce.

— Oui. Mais quand on aime, on prend le risque de souffrir Parce que moi aussi, je t'aime, Julius.

Un soupir haché franchit ses lèvres.

— Je ne sais vraiment pas ce que j'ai fait pour mériter ton amour.

— Tu n'avais pas à le mériter. Je te l'ai donné librement et je t'aime tel que tu es. J'aurais dû te le dire à la Grenade. J'aurais dû t'expliquer de quoi j'avais besoin, ce que j'attendais de toi. Mais j'ai eu peur. Je t'ai reproché de ne pas me parler, et ensuite j'ai fait la même chose. Pardon.

— C'est plutôt à moi de te demander pardon, Esmerelda. Mais...

Le regard rivé au sien, il se leva en la serrant contre lui puis la reposa sur ses pieds.

— Je reviens tout de suite.

Esme lissa sa jupe et entendit un bruit de pas derrière elle.

Elle se retourna... et son cœur fit un bond en voyant Julius s'agenouiller devant elle. Il tenait l'écrin ouvert dans sa main.

— Veux-tu m'épouser, Esmerelda ? demanda-t-il, le regard étincelant. Acceptes-tu de servir notre pays en étant toi-même, et de la façon qui te conviendra le mieux ? Le statut de reine est gratifiant, mais il est âpre. Tu seras constamment observée, jugée, critiquée pour tes choix.

— Tu ne présentes pas la chose sous son meilleur jour, dit-elle en riant doucement. Et je suis terriblement nerveuse. Je ne sais pas comment être reine.

— Moi aussi je suis nerveux. Mais tu es la seule femme que je désire avoir à mes côtés. La seule qui compte pour moi.

Esme sourit et lui caressa la joue.

— Dis-moi que c'est un « oui », murmura-t-il.

La gorge nouée, elle hocha la tête.

— Oui, chuchota-t-elle.

Julius lui passa la bague au doigt et se redressa, puis il la prit dans ses bras, pencha la tête, et scella leurs fiançailles d'un baiser sensuel et possessif.

Au bout d'un long moment, il écarta son visage du sien et la regarda.

— Elle t'a toujours été destinée. Je suis allé à Londres pour acheter une bague *pour toi*. J'avais fait appel à un enquêteur privé pour te localiser ; je comptais aller te retrouver pour m'excuser et te demander si tu voulais bien m'épouser.

Il lui prit la main et la porta à ses lèvres.

— Cette bague a été créée pour toi, Esmerelda. Les perles symbolisent la sagesse et la grâce qui te caractérisent, l'aigue-marine l'espoir et le bonheur. Le diamant est un diamant « poivre et sel ». Je l'ai choisi parce qu'il est magnifique de par son imperfection même, ses défauts participent de sa beauté et de sa singularité. Et parce qu'il me rappelait tes taches de rousseur. Tes adorables taches de rousseur.

Cette fois, Esme fondit en larmes.

— Je t'aime, Julius. Je t'aime à la folie.

Il lui enlaça doucement la taille et l'attira contre lui.

— Et moi je t'aime plus que tout au monde, ma chérie.

Épilogue

— Elle est magnifique, Joana, murmura Esme en contemplant son reflet dans le haut miroir en pied.

Sa robe de mariée était une véritable merveille. Celle qui était devenue son amie avait réussi un véritable prodige. Depuis le décolleté en cœur du bustier de dentelle jusqu'au raffinement des moindres détails, en passant par la jupe qui descendait jusqu'au sol et se répandait derrière elle, et les flots de tulle qui, partant des épaules, se déployaient sur son dos comme des ailes. Les ailes d'une fée ou d'un ange.

— Sur toi, elle est encore plus belle.

Esme la regarda dans le miroir, immobile à côté de Hanna. Ses deux demoiselles d'honneur étaient arrivées une semaine plus tôt, pour participer aux festivités précédant la cérémonie officielle et pour aider aux préparatifs du mariage. En l'espace d'un an, elles étaient devenues très proches toutes les trois et Joana avait été nommée officiellement sa styliste attitrée.

Et Aroldo comptait parmi leurs meilleurs amis.

Comme on pouvait s'y attendre, la nouvelle des fiançailles du prince avec sa garde rapprochée avait défrayé la chronique et suscité l'enthousiasme général à Rodina, et contribué à faire connaître la petite nation insulaire dans le monde entier ou presque.

Un sifflement admiratif fusa dans la pièce, suivi de l'arrivée de Burak.

— Tu es superbe ! s'exclama-t-il en s'avançant vers Esme.

Il lui fit un clin d'œil avant d'ajouter :

— *Altesse.*

— Pas encore, répondit-elle en riant.

En vérité, il avait suffi à Burak de les voir ensemble, elle et Julius, pour deviner aussitôt la nature du lien qui les unissait. Quand ils l'avaient invité au mariage en tant que « garçon d'honneur », il en avait été amusé, mais il considérait son rôle comme un devoir et un honneur, et prenait la chose très au sérieux.

— C'est l'heure ? demanda Esme en entendant de la musique monter du rez-de-chaussée.

Joana hocha la tête.

— Tu es prête ?

Oui. Elle l'était depuis l'instant où Julius lui avait glissé la bague au doigt. Elle baissa les yeux sur le diamant poivre et sel, et sourit. D'un commun accord, elle et Julius avaient invité la mystérieuse et talentueuse Mlle Smythe à leur mariage.

Hanna lui tendit le bouquet de lys blancs. Elle le prit et s'avança vers la porte. Son père apparut, ses cheveux aux reflets argentés peignés soigneusement en arrière. Il la regarda en écarquillant les yeux.

— Esmerelda...

L'émotion qui se lisait dans son regard l'émut profondément. À son retour à Rodina, il lui avait réservé un accueil glacial. Même l'annonce de ses fiançailles avec Julius ne l'avait pas radouci.

Mais un jour, lors d'un dîner officiel, elle l'avait surpris à l'observer. Le lendemain, il était venu la voir chez elle, dans l'appartement qui lui avait été attribué en tant que fiancée du prince héritier.

— Tu as l'air d'être heureuse, avait-il dit d'une voix rauque. En vérité, je ne crois pas t'avoir jamais vue aussi heureuse.

— Je ne l'étais pas.

— J'en suis sincèrement désolé, avait-il répliqué avec une émotion visible.

À partir de ce jour, leur relation avait changé, un lien s'était créé entre eux et n'avait cessé de se renforcer depuis. En revanche, fidèle à elle-même, sa mère était restée à New York et n'avait pris l'avion qu'à la toute dernière minute.

Esme espérerait sans doute toujours que les liens se resserrent entre elles deux, mais elle ne souffrait plus de l'attitude de sa mère à son égard. Parce qu'elle était désormais entourée d'êtres qui, chacun à leur façon, l'aimaient profondément. Julius. Son futur beau-père qu'elle avait encore du mal à appeler « Francisco » ou « Père », et non plus « Majesté » ou « Monsieur ». Aroldo, Hanna et Joana. Son propre père. Burak.

Sans compter qu'Esme ne manquait pas d'occupations. Julius avait tenu parole et l'avait encouragée à se forger sa propre place au Palais, à définir son propre rôle, et à sa grande surprise, non seulement elle avait trouvé des moyens personnels de servir son pays, mais elle y trouvait une nouvelle forme de bonheur. Elle avait accompagné Julius à divers sommets internationaux, participé à un débat parlementaire organisé autour d'une nouvelle législation concernant les services de santé. En outre, elle avait oublié ses craintes d'être enfermée dans une case et s'était associée avec Vera avec qui elle s'investissait dans diverses activités communautaires.

Par ailleurs, elle siégeait au conseil d'administration de la Bibliothèque royale et, en collaboration avec plusieurs écrivains et écrivaines et un éditeur, elle organisait une foire du livre internationale qui se tiendrait à Rodina l'année suivante.

En résumé, elle faisait quelque chose de sa vie. Quelque chose d'utile et qui, en plus, la rendait heureuse.

— Tu es prête ? lui demanda à son tour son père.

— Oui.

Ils traversèrent le grand hall, Burak fermant la marche, et s'arrêtèrent devant les lourdes portes en bois permettant d'accéder à la chapelle du palais. Elles s'ouvrirent comme par magie sur l'allée couverte de pétales de roses blanches et rouges.

Esme regarda l'homme qui l'attendait à l'extrémité de l'allée. Julius, plus beau que jamais dans un somptueux costume gris clair. Leurs regards se croisèrent. Il lui sourit au moment même où elle lui souriait, le cœur débordant d'amour. Un murmure parcourut l'assemblée.

Le petit groupe s'avança dans l'allée, puis elle arriva enfin devant Julius. Il serra la main de son père, Esme tendit son bouquet à Joana. Puis Julius lui prit la main, et ils gravirent ensemble les quelques marches conduisant à l'autel.

— Tu es belle, lui dit-il doucement.

Ensuite, tout se passa comme dans un rêve. Esme entendit à peine les paroles du célébrant. Mais, lorsque Julius répondit un « oui » qui résonna haut et clair, elle ne put retenir ses larmes.

— Je vous déclare mari et femme. Vous pouvez embrasser la mariée.

Julius l'attira contre lui, appuya un bref instant le front contre le sien, puis l'embrassa.

— Tu avais tort, chuchota-t-il contre ses lèvres.

— De quoi parles-tu ?

— Tu avais dit un jour qu'il ne s'agissait pas d'un conte de fées. Eh bien, pour ma part, je trouve que ça y ressemble drôlement...

Vous avez aimé ce roman ?
Retrouvez en numérique les titres déjà parus
de « Désir & pierres précieuses » :
1. *Le diamant d'un Argentin*, Maya Blake
2. *L'alliance du souverain*, Emmy Grayson
Et découvrez la conclusion de votre série dès le mois
prochain dans votre collection Azur !

REDER SAS au capital de 1 500 000 € - RCS Paris B 410 714 885.